JN080583

ALPHAPOLIS

最弱職の初級魔術師 1

初級魔法を極めたら
いつの間にか「千の魔術師」と呼ばれていました。

A L P H A L I G H T

カタナヅキ
KATANADUKI

アルファライト文庫

コトネ
冒険者ギルドに
所属するA級冒険者。
情報収集が得意。
ルノ
勇者召喚《しょうかん》に巻き込まれて、
異世界にやってきた
平凡な高校生。ショボい
「初級魔法」を駆使《くし》して、
危険な異世界を
生き抜こうと奮闘《ふんとう》する。
スラミン
スライム。
水や氷が大好物。
魔石も食べる。
CHARACTER

ロプス
サイクロプス。大人《おとな》しい性格で、
人を襲《おそ》うことはまずない。
謎の美女
妖《あや》しい色気《いろけ》を漂《ただよ》わせる
美女。なぜかルノに
興味を持っている。

1

霧崎《きりさき》ルノは、目の前の光景に唖然《あぜん》としていた。

先ほどまで教室にいたはずである。それにもかかわらず彼は、見たことのない異様な場所に立っている。

ルノの側《そば》には四人のクラスメイトがおり、彼等もまた同様に戸惑《とまど》っていた。

ルノ達を囲うように、黒いローブに身を包んだ不気味な集団が佇《たたず》んでいる。手に杖を携《たずさ》えたその集団は、ルノ達にどこか不審《ふしん》げな視線を向けつつ話し合う。

「おおっ、まさか成功するとは……」

「信じられぬ。異世界の住民を呼び寄せたというのか」

「しかし、全員子供ではないか。本当に戦えるのか？」

しばらくして一人の老人がルノ達に近づいてくる。

その老人の格好は特別に豪華《ごうか》であり、歴史の教科書に出てくる中世の王族のようだった。

ルノのクラスメイト達が次々と声を上げる。

「だ、誰ですか、貴方達《あなた》は⁉」

「さ、聡君《さとし》……」

「な、何だよ、てめえらっ‼」

「お、落ち着きなさいよ……」

怯《おび》えるルノのクラスメイトに対し、老人は人懐《ひとなつ》っこい笑《え》みを浮かべると、突如《とつじょ》として跪《ひざまず》いた。そして仰々《ぎょうぎょう》しく告《つ》げる。

「よくぞ参られた、勇者殿《どの》。どうか我等をお救いくだされ」

「え？」

状況が掴《つか》めず、クラスメイトの一人が声を上げる。動揺《どうよう》するクラスメイトをよそに、一人冷静なルノが初めて声を発した。

「……勇者？」

ルノは、老人が口にした「勇者」という言葉に引っかかりを感じた。またそれに加えて彼は、このシチュエーションに覚えがあった。

ルノが思いだしたのは、子供の頃に遊んでいたゲームである。

彼は、異世界を訪れた勇者が世界征服《せいふく》を企《たくら》む悪と戦う、というストーリーのゲームをよくやっていたのだ。今の状況はまさにそういったゲームの展開そのままだった。

ルノはまさかと思いながらも、自分がゲームの世界を訪れてしまったのではないかと考える。

そして、どうして自分がこのような状況に至《いた》ったのか、記憶をゆっくりと掘《ほ》り起こしていった。

×　×　×

霧崎ルノは、白鐘《しろがね》学園高等学校に通う高校一年生である。

その日彼は、帰宅中に忘れ物をしたことを思いだし、教室に戻った。教室には、四人の生徒が残っていた。彼等はクラスでも目立っている男女四人組で、全員が幼馴染《おさななじみ》同士である。

一年生にして野球部のレギュラーに選ばれた、佐藤《さとう》聡。

クラスの女子の中でも一番人気《にんき》がある、花山陽菜《はなやまはるな》。

委員長としてクラスをまとめる、鈴木麻帆《すずきまほ》。

不良生徒として、ある意味で一番悪目立《わるめだ》ちしている加藤雷太《かとうらいた》。

仲良さそうに話し込む四人とは対照的に、ルノは彼等の顔くらいは知っているものの、ほとんど交流したことがなかった。

実際に彼等のほうも、ルノが教室に入ってきたことに反応を示さなかった。

ルノが四人の横を通り過ぎた時、不良の加藤がルノの存在にようやく気づいたように声をかける。

「霧崎じゃねえか。どうしたんだ、こんな時間に？」

「ちょっと忘れ物をして……そっちはまだ残ってたんだ」

ルノはそう口にしつつ自分の机へ行き、置き忘れていた教科書を取りだす。そして返答も聞かずに、そのまま去ろうとする。

「あ、いけない‼　もうこんな時間じゃない⁉　すっかり話し込んでいたわね」

クラス委員長の鈴木の言葉を背に受けつつ、ルノが教室を出た直後——異変が生じた。

「な、何だ⁉」

「ま、眩《まぶ》しいよっ⁉」

「これは……⁉」

「あ、足が動かないわ⁉」

四人の足元に魔法陣のような紋様《もんよう》が浮かび上がっている。すでに教室の外にいたルノもその光を浴《あ》びてしまう。

「えっ……」

突然、魔法陣から凄《すさ》まじい閃光《せんこう》が放たれ、教室全体が光に包まれた。

そして全員が意識を取り戻すと、先ほどの状況に陥《おちい》っていた。

×　×　×

呆然《ぼうぜん》とするルノ達の前に、さっきとは別の初老の男が近寄ってくる。その初老の男は、ルノ達に声をかけた老人に話しかける。

「皇帝陛下、どうやら勇者様は混乱しているようです。ここは私が説明いたしましょう」

「おお、そうか。頼《たの》むぞ、大臣」

どうやら最初の老人は皇帝で、今やってきた初老の男は大臣らしい。

「まずは自己紹介から始めましょうか。私の名前はデキンと申します。そしてこちらの御方が、バルトロス帝国の皇帝、バルトロス十三世様でございます」

デキンと名乗った男はそう言うと、優《やさ》しげな笑みを浮かべた。

「バルトロス？」

「帝国って……何言ってんだよ」

「そんな国の名前、聞いたこともない」

ルノに続いて、不良の加藤、委員長の鈴木が声を上げる。すると、デキンは意味深《いみしん》な笑みを浮かべる。

「当然ですな。何しろ、ここは勇者様が住んでいた世界ではないのですから」

「はあ？　何言ってんだおっさん……頭おかしいのか？」

加藤はそう言うと、睨《にら》みつけるようにデキンに顔を近づける。するとすぐさま、デキンの周囲にいた男達が怒りだす。

「大臣に何て言葉を‼」

「ば、馬鹿っ‼」

鈴木が慌《あわ》てて間に入って加藤を引き離《はな》す。混乱するクラスメイト達をよそに、ルノは相《あい》変《か》わらず冷静なままデキンに向かって質問する。

「すみません。結局、ここはどこなんですか？　まさか、異世界だったり……」

「はあ？　何言ってんだよ、霧崎」

急に奇妙《きみょう》なことを言いだしたルノに、加藤が馬鹿にするように声を上げた。デキンは目を見開き、ルノのほうへ顔を向ける。

「おおっ‼　そちらの勇者様は理解が早いですな。先ほど申し上げた通り、ここは勇者様の住んでいる世界ではありませぬ。我々は勇者様の世界を『テラ』と呼び、我々の世界のことは『マルテア』と呼んでいます」

「テラ……マルテア……？」

ルノはよく分からないまま、デキンの言った単語を復唱《ふくしょう》する。

野球部レギュラーの佐藤がデキンに尋《たず》ねる。

「そ、そんなことよりも、僕達を呼びだしたと言っていましたが、どうしてこの場所に呼び寄せたんですか？」

「勇者様の疑問はもっともですね。なぜ呼びだしたのか……端的《たんてき》に言えば、貴方達に我々を救ってほしいからです。今現在この帝国は、魔王軍と呼ばれる軍勢に追い詰《つ》められ、窮《きゅう》地《ち》に立たされています」

デキンの発言に、その場は静まり返る。

「ま、魔王だと？　馬鹿じゃねえのかこいつ」

「加藤‼　お前は静かにするんだ‼」

挑発的な態度を取る加藤に周囲の視線が集まったので、佐藤が加藤を止めに入った。ルノはデキンに質問する。

「魔王軍……というのは何なんですか？」

「人類と敵対し、自分達の欲望に忠実《ちゅうじつ》な悪のことですな。奴等は帝国の領地内で暴《あば》れ、民衆を恐怖に陥《おとしい》れています」

「それで、どうして俺達を……そのテラの世界から呼び寄せたんですか？」

「もちろん、勇者様方に魔王軍の討伐《とうばつ》をお願いするためです。奴等は非常に手強《てごわ》く、我々の力だけではどうしようもありません。ですが、この帝国には古《いにしえ》から伝わる魔法が存在するのです！　それこそが、勇者という強大な力を秘めた存在を異界から呼び寄せる召喚《しょうかん》魔法陣！　貴方達は選ばれた人間なのです‼」

感極《かんきわ》まったように、デキンは言い放った。

加藤と花山が呆《あき》れて声を漏《も》らす。

「何言ってるか、全然分からねえ」

「私も……」

ルノも唖然としてしまったが、気を取り直して尋ねる。

「あの……俺達は元の世界に戻れないんですか？」

「ご安心くだされ。魔王軍を討伐することができれば、皆さんを帰してあげましょう」

「帰してあげるって……」

ルノはデキンの物言いが引っかかり、表情を強張《こわば》らせた。デキンはそんなルノの反応を気に留《と》めることなく続ける。

「さあ、つまらない話はここまでにしましょう。これから皆様のステータスを確認するための儀式を行います。こちらへどうぞ」

「ちょ、ちょっと待ってください‼　いったい何を言って……」

デキンはルノの言葉を無視すると、振り返って部下達に指示する。

「お前達、早く勇者様を儀式の間へ案内しろ‼」

「「はっ‼」」

　すると、無数のローブ姿の男達がルノ達五人を取り囲んだ。ルノ達は逆《さか》らうことができず、強制的に移動させられていく。

　ルノ等は嫌な予感を覚えつつも、ただ従《したが》うしかなかった。

×　×　×

　数分後、ルノと他の四人は、黒いローブ姿の集団に囲まれて廊下《ろうか》を歩いていた。

　先ほどまで彼等がいた場所は、玉座《ぎょくざ》の間《ま》と呼ばれる広間だったらしい。またルノ達は、自分達が今、大きな城の中にいると知らされる。

　廊下では、甲冑《かっちゅう》姿の兵士やメイド服姿の女性と何度もすれ違った。それでも五人は、これまでいた世界とは別の世界を訪れていると信じ切れていなかった。

　しかし、彼等は現実と直面させられる。

　ふと気配を感じ、全員が窓の外に視線を向けた瞬間——明らかに鳥ではない巨大生物が空を飛んでいたのが目に入ったのである。

　それは、ファンタジー世界で最も有名な存在、ドラゴンだった。

「オォオオオオオオオオオオオッ……‼」


全身白い鱗《うろこ》に覆《おお》われた巨大な竜が、翼を羽ばたかせて空を飛んでいる。

受け入れがたい光景に五人は圧倒され、言葉を失っていた。

呆然とするルノ達を見て、同行していた黒いローブ姿の男達が誇《ほこ》らしげに言う。

「はっはっはっ‼　勇者殿は白銀竜《はくぎんりゅう》を見るのは初めてですかな？　あれはこの地方にだけ姿を見せる竜種《りゅうしゅ》ですぞ‼」

「それにしても、勇者殿が召喚された今日という日に白銀竜が姿を現すとは……これは吉《きっ》兆《ちょう》ですな」

加藤、鈴木、佐藤、花山、ルノがそれぞれ口にする。

「は、白銀竜……？」

「嘘《うそ》……信じられない」

「まさか……本当に僕達は……」

「うわぁ～、綺麗《きれい》な生物だったね」

「え、あ、うん」

元いた世界では絶対に存在しえない架空《かくう》の生物である。そのような生物を自分達の目で見た以上、ここが自分達の住んでいる世界ではないと認めるしかなかった。

歩を進めながら、ルノは黒いローブの男に尋ねる。

「あの……さっき聞いて気になっていたんですけど、この世界には魔法が存在するんですか？」

「はあっ……？　仰《おっしゃ》っている意味が分かりませんが……」

そこへ、デキンが割って入ってくる。ルノの会話を聞いていたらしい。

「ああ、そういえば、伝承《でんしょう》では勇者様の世界では魔法が存在しないと聞いておりましたが……本当ですか？」

デキンがわざとらしく大きな声を出したため、他の四人にも聞こえたようだ。四人は「魔法」と聞いて目を見開いた。

加藤がデキンに尋ねる。

「じゃ、じゃあ、俺達も魔法を使えるようになるのかよ⁉」

「当たり前ですな。まさか魔法を覚えないで、魔王軍を討伐する気だったのですか？」

「マジかよ。信じられねえっ‼」

「はっはっはっ‼　どうやら勇者殿は、魔法に強い興味があるようですな」

デキンは、嬉《うれ》しそうな顔をする四人を見て薄《うす》ら笑いを浮かべる。そうして一行はそのまま歩いていった。

移動を開始してから、数十分ほど経過した。

五人が到着したのは、床に魔法陣が刻《きざ》まれた広間だった。

広間の周囲には七つの柱が立ち並び、それぞれの柱の上には水晶玉《すいしょうだま》があった。緑、赤、青、黄、茶、白、黒の七色である。

広間の中心には台座があり、その上では無色の水晶玉が宙に浮かんでいる。

デキンが物々しく告げる。

「ここは、儀式の間と呼ばれている広間です。魔術師だけしか立ち入ることができません。今から勇者様方の適性を検査し、ステータスの魔法を覚える儀式を行います」

「ぎ、儀式？」

ルノが疑問の声を上げると、デキンは不気味な笑みを浮かべて答える。

「怖《こわ》がる必要はありません。中央に存在する台座の水晶玉に手のひらを翳《かざ》すだけでいいのです。それで皆様は天使の加護《かご》を授《さず》かるでしょう」

「天使の……加護？」

聞き覚えのない言葉を聞き、ルノは首を傾《かし》げる。他の四人も戸惑っていると、デキンは説明しだす。

「この世界では成人すると、ステータスの儀式を受けます。これによって、自分に適した職業、現時点の能力を確かめることができます。そしてそれと同時に、スキルと呼ばれる技能も身に付けられるのです。さらには、天使の加護を得ることができ、魔法を扱《あつか》えるようになるのです」

「ステータスとかスキルとか……何だかゲームみたいな話になってきたな」

加藤が感想を言うと、デキンは笑みを深めてさらに告げる。

「そのゲームというのは何か分かりませんが、今の勇者様は何の力も持っていません。伝承によれば、儀式によって隠《かく》された能力が目覚《めざ》めるはずです」

普段は冷静な鈴木が、はしゃぐように尋ねる。

「じゃ、じゃあ、私達も本当に魔法が使えるんですか？」

「はぁ……それは今言ったはずですが」

デキンは呆れたように、ため息を吐いた。

デキンの態度が段々悪くなってきたことに、ルノ達は違和感《いわかん》を覚えだす。

ともかくデキンの言葉が事実ならば、儀式を受ければ魔法を扱えるようになるらしい。

ルノは意を決して、最初にやってみることにした。

「……ここに手のひらを翳《かざ》せばいいんですよね？」

「その通りです。さあ、何も恐れる必要はありません」

ルノが空中に浮揚《ふよう》している水晶玉に近づくと、加藤と花山が心配そうに声をかける。

「お、おい‼　本当にやる気かよ？」

「危《あぶ》ないんじゃ……」

ルノは覚悟を決めて、手のひらを水晶玉の上にやる。

その瞬間、周囲の柱の上の七色の水晶玉が光った。ルノの身体《からだ》が光に覆われ、周囲の人々が騒《さわ》ぎだす。

「こ、これは⁉」

「すべての水晶石が反応している⁉」

「まさか、全属性を扱えるというのか⁉」

ルノは、どうして人々が驚《おどろ》いているのか理解できなかったが、自分の肉体に起きている異変を感じて戸惑う。

熱い液体が注ぎ込まれていくような感覚が全身を襲《おそ》ったのだ。それと同時に、ルノの左手の甲《こう》に奇妙な紋様が浮かび上がる。それは、周囲のローブを纏《まと》った男達が所持《しょじ》している杖のようなデザインだった。

しばらくして、ルノの視界にパソコン画面のような半透明《はんとうめい》のディスプレイが出現する。

「うわっ⁉」

ルノが声を上げると、加藤と花山が心配してくる。

「ど、どうした⁉」

「大丈夫なの？」

「いや……これ、見えないの？」

どうやらルノの視界に現れた画面は、他の人間には見えないらしかった。

ルノは、ひとまず表示されている内容を確認する。

それはゲーム等ではよく見かけるものだった。「ステータス」と表示された画面は、次のようになっていた。

霧崎ルノ

「職業」初級魔術師（固定）

「状態」普通

「SP」1

「レベル」1

「技能スキル」

・翻訳《ほんやく》――あらゆる種族の言語、文字を理解できる。

「戦技《せんぎ》」

・風圧《ふうあつ》――風属性の初級魔法（熟練度《じゅくれんど》：1）。

・火球《かきゅう》――火属性の初級魔法（熟練度：1）。
・氷塊《ひょうかい》――水属性の初級魔法（熟練度：1）。
・電撃《でんげき》――雷属性の初級魔法（熟練度：1）。
・土塊《どかい》――地属性の初級魔法（熟練度：1）。
・闇夜《やみよ》――闇属性の初級魔法（熟練度：1）。
・光球《こうきゅう》――聖属性の初級魔法（熟練度：1）。

「固有スキル」
・なし

「異能」
・成長――経験値を通常よりも高く獲得《かくとく》できる。

ステータスには、ゲームで定番のＨＰやＭＰといった項目はなかった。あるのは、現時点のレベルや能力だけである。

ルノが気になったのは、職業欄《らん》の「初級魔術師」だ。それは、ゲーム等でも見たことのない職業だった。

ルノはステータスを見ながらデキンに言う。

「あの、画面が表示されたんですけど……」

「それで成功ですな。何が書かれているか読み上げてくれますか？　我々には他人のステータス画面を確認できないのです。どうか詳細に教えてくだされ」

「私が筆記します」

羊皮紙《ようひし》を手にした男がいつの間にか、ルノの近くにやってきていた。

ルノがステータスの内容を報告している間に、他のクラスメイト達も彼と同様に儀式を行った。

クラスメイト達が、ステータスを見て驚きの声を上げる。

「おおっ!?　す、すげぇっ」

「信じられない」

「まさか本当に」

「えっと……大魔導士？」

デキンがクラスメイト達に告げる。

「皆様も表示された内容をお教えください。修得《しゅうとく》した職業によっては訓練の内容も変えますので」

「訓練？」

デキンが呟《つぶや》いた言葉に、ルノは反応する。

そこへ、ルノのステータスを書き終えた男がデキンのもとにやってきて、慌てたように羊皮紙を見せる。

「デ、デキン様!!　この者のステータスが……」

「どうした急に……こ、これはっ!?」

デキンは羊皮紙を見て、目を見開いた。そして、羊皮紙とルノの顔を交互に見比べ、ルノのもとに近づく。

「キリサキ殿!!　表示された画面は、この内容で間違いがないと!?」

「は、はい？」

デキンはルノに羊皮紙を見せながら尋ね、天を仰《あお》ぐように言う。

「……そんな馬鹿な。どうして天使の加護ではないのだ。伝承では確かに勇者は……」

「デキン様!!　他の方は確かに天使の加護を受けています!!」

そこへ、別の男がデキンに報告してきた。すでにクラスメイトのステータスは調《しら》べ終えていたらしい。加藤と鈴木が首を捻《ひね》る。

「え？　何の話だよ」

「どういうことですか？」

デキンはぶつぶつと呟きながら羊皮紙をぐしゃりと握《にぎ》りしめる。そして何か気づいたように、ルノのほうを振り返った。

「キリサキ殿、貴方が召喚された時の状況を教えてくれませんか⁉」

「え？」

「もしかしたらキリサキ殿は……他の方に巻き込まれて召喚されたのでは？」

クラスメイト達が声を上げる。

「はあっ⁉」

「ど、どういうことですか？　霧崎君が巻き込まれたって」

ルノは、この世界に召喚された時の状況を思いだしてみた。

魔法陣が出現した際、ルノはクラスメイトの近くにいた。みんなの足元には魔法陣があったが、自分にはなかった。それから魔法陣の発する強い光に呑《の》み込まれ、気づくとこちらの世界に降り立っていた。

ルノはなぜか気まずそうな顔をして口を開く。

「まさか……」

「その表情は……どうやら心当たりがあるようですな。ふんっ！　ならば話は別だ！　勇者を召喚したはずが、ただの一般人を呼び寄せてしまうとはな」

デキンの口調《くちょう》の変化に、クラスメイト達が驚いて後ずさる。

「な、何だよ、急に……」

「いったい何がどうしたんですかっ⁉」

デキンは周囲からの視線に気づくと、慌てて態度を改める。

「おっと……これは失礼。私としたことが冷静さを失ってしまいました。ともかくです。キリサキ殿は、我々が呼びだした勇者ではないようですな」

デキンがそう言うと、周囲の視線がルノに向けられる。

デキンは不愉快《ふゆかい》そうな表情のまままさらに続ける。

「他の皆さんも見たのでは？　召喚される時、皆さんの足元には魔法陣が浮かび上がった。ですが、キリサキ殿にはそれがなかった」

デキンは軽蔑《けいべつ》するようにルノを睨みつける。

「勇者ではないと分かった以上、キリサキ殿の能力は期待できませんな！」

「能力が期待できないって……どういうことなんですか？」

思わずルノが尋ねると、デキンは苛立《いらだ》たしそうに言う。

「ちっ……仕方ないな。いいか、よく聞け」

デキンがルノに教えたのは、次のような内容だった。

初級魔術師は希少《きしょう》であるものの、はずれ職である。長所といえば、魔術師の中でトップクラスの魔力容量を持ち、治癒《ちゆ》魔導士のように回復魔法を多少扱えること。だが、それ以外のすべての点であらゆる職業に劣《おと》るという。

そもそも魔術師は、強力な魔法を使えるからこそ後方支援《しえん》役として有用なのだが、初級魔術師は初級魔法だけしか使えないため、それが期待できないとのことだった。

「初級魔法……？」

「一般的には『生活魔法』と呼ばれる、普通の人間でも扱える魔法だ。火の玉を生みだしたり、氷の塊《かたまり》を作りだしたりする程度のな！　本来、魔術師は『砲撃《ほうげき》魔法』を覚えられるのだ。砲撃魔法こそが魔術師の魔法。初級魔術師はこの砲撃魔法を覚えない……何しろ、初級魔法専門の魔術師だからな！」

ルノはちょっとした反発心から、少し言い返してみる。

「……でも、魔力容量が多いのは良いことなんじゃ」

「初級魔法自体が大して魔力を消費しない生活魔法だ！　せいぜいタバコの火を点《つ》ける程度の魔法で、魔力などいらん。そんなもので魔物と戦えると思うのか？」

「……」

「信じられないなら試《ため》してみるがいい。ステータスに表示されている魔法の名前を唱《とな》えるだけで、魔法は発動できるからな！」

デキンに強い口調で促《うなが》され、ルノは恐る恐るステータス画面を開く。そして表示されている魔法を確認すると、そのうちの一つを唱えてみる。

「『風圧』」

ルノの手のひらから、小さな竜巻《たつまき》が発生した。

その竜巻は、ルノの目の前にいたデキンに襲いかかった。風を受けたデキンは身体をよろめかせ、ルノ自身も体勢を崩《くず》して倒れてしまう。

「ぬおっ⁉　き、貴様っ‼」

「うわっ⁉」

怒ったデキンが杖を振り上げ、ルノに殴《なぐ》りかかろうとすると、佐藤が止めに入る。

「霧崎君⁉」

「いったい何が……あ、あれ……？」

ルノは地面に腰を下ろしたまま、目を回していた。

「霧崎君、どうしたんだ？」

「大丈夫⁉」

「いや、急に身体から力が抜けて……」

佐藤に続いて花山も心配してくる。ルノがぐるぐる回る視界に戸惑いながらそう口にすると、デキンは蔑《さげす》むように告げる。

「ふんっ、それは魔力枯渇《こかつ》と呼ばれる状態だな。魔力を消耗《しょうもう》しすぎると、精神面・肉体面に影響が出てくるんだ。今の魔法を使っただけでそうなってしまうとは」

ルノはクラスメイト達に手を貸してもらい、何とか立ち上がる。

デキンは嫌味《いやみ》ったらしくため息を吐きだすと、小馬鹿にしたような態度を取る。

「はぁ……どうやら本当に、ただの一般人が召喚されたようだな。まあいい、他の勇者様を訓練場にお連《つ》れしろ。私はこの男を処理する」

「はっ‼」

デキンに指示されて集まってきた男達が、クラスメイトを取り囲む。

「ちょっ、ちょっと待ってください‼　何をするんですか⁉」

「くそっ、離しやがれっ‼」

「いやっ、やめてっ、どこ触《さわ》ってるのよ⁉」

「うわぁあっ⁉」

クラスメイト達が大勢の男達に連行されていく。その光景を目にしながら何もできず、ルノは声を上げる。

「みんなっ」

「貴様はこっちだ。おい、この男を城の外に追い払え‼」

一人残されたルノに向かってデキンはそう言うと、見下《みくだ》した態度のまま兵士に指示を出す。

「はっ」

「ちょ、ちょっと⁉」

兵士達がルノのもとに駆《か》け寄り、彼を無理やり拘束《こうそく》しようとした時——広間に女性の声が響《ひび》き渡った。

「おやめなさい!!」


その場にいた全員が、声のほうを振り向く。

そこには、銀色のドレスを纏った美しい女性が立っていた。また、彼女の側には日本人のような黒髪の女騎士が付き添《そ》っている。

銀色のドレスの女性が声を上げる。

「デキン大臣!!　これは何の騒ぎですか?」

「こ、これは王女様!!　本日もお美しく……」

「私の質問に答えなさい!!　いったい何をしていたのですか?」

王女と呼ばれた女性は、デキンを責《せ》めるような厳《きび》しい目をした。

王女は金色に輝く髪の毛を腰元まで伸《の》ばし、人形のように整《ととの》った顔立ちをしている。瞳は宝石のように美しい碧眼《へきがん》。胸は大きく膨《ふく》らんでいるが、腰はキュッと細い。その身体は女性らしい滑《なめ》らかな曲線を描《えが》いていた。

彼女はデキンの側にいるルノに視線を向け、その服装を見て目を見開いた。そして、慌てて跪《ひざまず》きだしたデキンを問いただす。

「この方は？　もしや、今日召喚されたという勇者様ではないのですか？」

「い、いえ。この男は違います！　本当の勇者様は現在は訓練場のほうに……」

「どういうことですか？　では、この御方は何者なのですか？」

「そ、それは……」

デキンは冷や汗を流し、先ほどまでの高圧的な態度から一変してあたふたしだす。

ルノは戸惑いながらも王女に視線を向ける。そして、彼女に助けを求めて話しかけようとしたところ、先にデキンが口を開いた。

「こ、この人物は勇者様の召喚に巻き込まれた一般人なのです！　ですから、勇者としての力は何一つ持っていません！」

「一般人……!?　どういうことですか？」

「じ、実は先ほどこの場所で勇者様全員に儀式を行ったのですが、この男の職業が初級魔術師でして」

「初級魔術師？」

「あの不遇《ふぐう》職の……」

王女が驚いたような表情を見せ、隣《となり》にいた黒髪の女騎士は眉間《みけん》に皺《しわ》を寄せる。

彼女達はルノに同情するような視線を向けた。デキンはわざとらしく辛そうな雰囲気《ふんいき》を出しながら口を開く。

「彼が一般人だったことは残念ではありますが、我等としても戦力にならない者をこの王城に置いておくことはできません。そこで、彼には城外で暮《く》らしてもらうよう、話し合いをしていたのです」

「本当ですか？　私には兵士を使って彼を追いだそうとしていたように見えましたが」

「そ、そんなことはありませんっ」

王女に指摘され、デキンは大げさに首を横に振って否定した。王女はため息を吐きつつ、ルノのほうへ顔を向ける。

「……そこの御方、名前は何というのですか？」

「え、あ、霧崎ルノです」

彼女は、ルノを安心させるように優しく微笑《ほほえ》みかけ、彼の手を取った。

「私の名はジャンヌと申します。一つお聞きしたいのですが、こちらの大臣の言葉に嘘偽《うそいつわ》りはありませんか？　もし彼が嘘を吐いて誤魔化《ごまか》そうとしているのなら、後で罰を与えなければなりませんが」

「お、王女様‼　そのような男の話など……」

慌てたデキンが、ルノとジャンヌの間に割って入ろうとする。しかし、側にいた女騎士が腰の長剣に手を伸ばして、デキンを止める。

「貴公は黙《だま》っていてもらおう。それとも、まさか王女様に異議を申し立てるつもりではないだろうな？」

デキンは護衛《ごえい》の女を忌々《いまいま》しげに睨みつけ、悔《くや》しげに歯を食い縛《しば》った。

ルノが、このジャンヌならこれまでの経緯《けいい》を伝えれば助けてくれるのではないかと考えた時――ジャンヌは握りしめていたルノの手を離し、口元を押さえて膝《ひざ》をついた。

「うっ……げほっ、かはっ……‼」

「えっ⁉」

「王女様⁉」

ルノとデキンが呆然とする中、ジャンヌは胸元を押さえて屈《かが》み込む。女騎士が駆け寄って、ジャンヌに肩を貸す。

「大丈夫ですかっ？　またご病気が」

「へ、平気です……く、こんな時にっ……」

ジャンヌはすでに意識を失いかけていた。

女騎士がデキンを睨みつける。

「私は王女様を病室に運《はこ》びます。デキン大臣！　先ほどの話が本当ならば、そこの御方を城外へ案内し、当面の生活を賄《まかな》える資金を渡すはずですよね⁉」

「くっ‼　わ、分かっておる‼」

女騎士に厳しく問われ、デキンは反射的に答えた。

「それを聞いて安心しました。さあ、王女様はこちらへ」

「も、申し訳ありません……」

黒髪の女騎士は、王女を連れて広間を立ち去っていった。

取り残されたルノは、彼女達の後ろ姿を呆然と見つめていたが、デキンが自分を睨みつけていることに気づく。

ルノが恐る恐る振り返ると、デキンは忌々しげに舌打ちしながら懐《ふところ》に手を伸ばした。

デキンが取りだしたのは茶色の小袋である。

デキンは、その小袋を地面に投げつけた。

「さっさと拾えっ‼　王女様のご厚意《こうい》に感謝しろ。それだけあれば数日は過ごせるだろう。その間に、仕事を探《さが》して生き残る術《すべ》でも探せっ‼」

「えっ？」

「ちぃっ……さっさと出ていけ‼　ここを真《ま》っ直《す》ぐ進めば正門に出て、そこから先は城下町が広がっている。二度とこの城に戻ってくるんじゃないぞ‼」

デキンは言いたいことだけ告げると、不機嫌な表情のまま立ち去っていった。

ルノはしばらく呆然としていたが、はっとして我に返ると地面に落ちていた小袋を手に取った。袋の中を見てみると、銀貨と銅貨が入っている。

硬貨《こうか》を見つめながら、ルノはこれまでのことを思い返す。

「いったい何だったんだ……」

異世界に召喚されたかと思ったら、強制的に奇妙な儀式を受けさせられた。

その儀式で能力が低いと判断され、城の人の態度が急変。城から追いだされかけてしまった。それからなんと王女が現れ、大臣から硬貨の入った小袋を投げつけられた。そして、自《みずか》ら出ていくように指示され……とにかく、短い間にいろいろな出来事が起きた。

ルノはまだ混乱していたが、早くここから出ないといけないということは分かった。改めて小袋の中身を確認すると、城の正門に向かう。

「これ、いくらぐらいなんだろう?」

小袋の中には、銀貨が数枚と銅貨が十数枚入っていた。

しかし、それぞれの硬貨の価値が分からないので、これでどのくらい生活できるのか判断できない。またそれ以前に、城下町に出てどう暮らしていけばいいのか、まったく想像できなかった。

デキンは最後に仕事を見つけろと言っていたが、ルノは元の世界では普通の高校生に過ぎない。こちらの世界でちゃんとした職を見つけられるのかさえ不明だった。

誰かに助けを求めたいが……

ルノはふと気配を感じて周囲を見渡す。

すぐに後方から自分を尾行している兵士がいることに気づいた。兵士は一定の距離《きょり》を保ちつつ、ルノの様子を窺《うかが》っている。

デキンの指示で、ルノが城を出ていくのかどうか見張っているのだろう。

これでは助けを求めるのは不可能だ。

人の好《よ》さそうな皇帝か、あるいは先ほど助けてくれた王女に会えれば城に残してもらえるかもしれないが……兵士に監視《かんし》されていては城内を歩けない。

いろいろと考えている間にもルノは歩き続け、王城の城門の前までやってきてしまった。

門の左右には、見張りの兵士がいる。

兵士はすでに報告を受けていたのか、何も語らずに首だけを動かして、ルノに城門の外に移動するように指示した。

ルノはため息を吐き、歩を進める。

「はあっ……」

ルノが門を潜《くぐ》り抜け終えると、すぐに扉が閉じられた。

本当に、彼を受け入れるつもりはないらしい。

ルノは一度だけ振り返ったが、その場に残っても無駄だと悟《さと》り、そのまま城から立ち去った。

2

「うん……まあ、分かってはいたけど、日本じゃないな、ここ」

ルノは城下町の光景を見て、改めて自分がいる場所が日本ではないことを再認識した。

正確に言えば、日本どころか、自分が知っている世界ですらない。

彼の前には、頭に獣の耳を生《は》やし、尻から尻尾《しっぽ》を生やした存在が歩いている。

さらには、身長が軽く三メートルを超《こ》える巨人、耳が細長い容姿《ようし》の美しい種族などが堂々と行き来していた。どう考えても普通の人間ではない。

そんな光景を目の当《ま》たりにし、ちょっとパニックになったルノは頭を押さえつつ、人気《ひとけ》の少ない路地裏《ろじうら》に逃げ込んだ。

自分がマルテアという異世界にいることは、先ほど王城で教えてもらったので分かっている。ルノは頭では理解したつもりだった。

だが、それでもその現実を受け止めきれずにいた。

「どうすれば元の世界に戻れるんだ……」

彼はそう呟くと、召喚に巻き込まれる直前に見た魔法陣のことを思いだす。

この世界で最初に訪れたのは、王城の玉座の間である。そこには、皇帝と大臣の他に、魔術師と思われる人達がいた。

彼等であれば何か知っているかもしれない。ルノはそう思いついたものの、それと同時に王城に戻る危険性について考えた。

ルノは思案《しあん》しつつ、現状の自分の能力を調べることにした。

「ステータス」

ルノの目の前に画面が表示される。

ルノはスマートフォンを操作《そうさ》するように、指先で画面に触《ふ》れる。このような状況でありながら、気分的にはゲームでもしているような感覚だった。

霧崎ルノ
「職業」初級魔術師（固定）
「状態」普通
「SP」1
「レベル」1

「技能スキル」
・翻訳――あらゆる種族の言語、文字を理解できる。

「戦技」
・風圧――風属性の初級魔法（熟練度：2）。
・火球――火属性の初級魔法（熟練度：1）。
・氷塊――水属性の初級魔法（熟練度：1）。
・電撃――雷属性の初級魔法（熟練度：1）。
・土塊――地属性の初級魔法（熟練度：1）。
・闇夜――闇属性の初級魔法（熟練度：1）。
・光球――聖属性の初級魔法（熟練度：1）。

「固有スキル」
・なし

「異能」

・成長――経験値を通常よりも高く獲得できる。

「あれ？　熟練度が上がってる。あ、さっき魔法を使ったからかな？」

初めてステータスを見た時『風圧』の熟練度は1だったはずだが、2に上昇していた。

ルノはさっそく試してみようと思い、手のひらを前に構える。そして先ほどのように『風圧』の魔法を発現させてみる。

「『風圧』‼」

吹き飛ばされないように気をつけつつ、手のひらに意識を集中させると、さっきよりも強い『風圧』を生みだせた。

「ん？　あんまりきつくない？」

王城で『風圧』を発動させた時は、立てなくなるほどの疲労感に襲われたが、今回はそうした感覚はなかった。

熟練度が上昇したことが関係しているのだろう。ルノは深くは考えず、そう納得することにした。

「他の魔法はどうなんだろう」

それから彼は、画面に表示されていた初級魔法をすべて試していった。

「『火球』……おおっ」

手のひらから火の玉が現れる。火の玉は自分の意思で自由に動かすことができた。『風圧』と比べて長時間の発動が可能で、数十秒は保《も》たせられるようだ。

「次は……『氷塊』」

彼の手元に、宝石のように輝く氷の塊が生まれる。

この『氷塊』も『火球』と同様に操作でき、大きさも変えられた。大きくしたり複雑《ふくざつ》な形にしたりすると、多くの魔力を消費するらしい。

『氷塊』の操作で遊びすぎてしまい、ルノはちょっとふらついてしまう。休憩《きゅうけい》を挟《はさ》んだ後、四つ目の魔法に挑《いど》む。

「ふうっ……よし！　『電撃』‼」

魔法名を唱えた直後、手のひらに電流が迸《ほとばし》った。

ルノは手のひらに現れた電流を見て感心しつつも、自分が感電しないことを不思議に思う。

「そういえば今までの魔法もそうだったな。身体に触れても何も起きなかった」

実際に、『風圧』で手を切ったり、『火球』で火傷《やけど》したり、『氷塊』で凍傷《とうしょう》になったりすることはなかった。

彼は、唱えた魔法で自分自身は傷ついたりしないのではないかと考え、試しに電流を発していないほうの手で電流に触れてみる。

思った通り痛《いた》みは感じなかったが、電流がルノが着ている学生服の上を走り、バチバチと火花を散《ち》らす。

「あちちっ！　ああ、少し焦《こ》げた」

学生服の袖《そで》が軽く焦げてしまった。

ともかく、自分が生みだした魔法では自分の肉体は傷つかないようだ。ただし、装備《そうび》している物に関してはその限りではないらしい。

続いて、ルノは土属性の初級魔法を唱える。

「『土塊』‼　あれ……『土塊』？」

だが、魔法が発動する気配はない。

不思議に思った彼は、ステータス画面を開いて『土塊』の項目を読む。土に関係する魔法ということは知っているがそれ以上のことは分からない。

ルノはふと思いついて、地面に手のひらを置いてから再び唱えてみた。

「『土塊』」

手のひらから紅色《べにいろ》の光が放たれ、前方の土砂《どしゃ》が盛《も》り上がる。その一方で、手前の地面が軽く沈《しず》んでいった。

「今までの魔法と比べると、何だか地味だな」

そう言いつつもルノは、地面を陥没《かんぼつ》させて落とし穴を作ったり、地面を盛り上げて土壁《つちかべ》を作ったり、意外と便利そうだと考えた。

「次は、『光球』と『闇夜』か。あ、口にしちゃったよ」

無意識に魔法を唱えてしまい、ルノの手のひらが光り輝く。右手から光の球体、左手から黒い霧《きり》が生みだされる。

両手からそれぞれ別の魔法を同時に発動してしまい、彼は慌てた。しかし、特に害などはなさそうなので、そのままどんな魔法なのか調べることにした。

「『光球』は『火球』と同じように動かせるな。だけど、こっちのほうが『火球』より輝きが強い。触れても熱くも冷たくもないから、攻撃するには向いていないのかな」

右手から生みだした『光球』は自由に操作できたが、それ以外に特別な使い方は今のところ見つけられなかった。

「こっちのは何だろう?」

左手の黒い霧のほうは、煙《けむり》のように放出され続けていた。

ルノはふと思いついて、左手で側の建物の壁に触れてみた。黒い霧は粘着性《ねんちゃくせい》があるようで、壁に張り付いた。

「あ、面白《おもしろ》い。ということは、人の顔に張り付ければ、目隠しみたいに使えるかも」

一通り魔法の確認を終えたが、さすがに魔法を使いすぎたようだ。急激《きゅうげき》な疲労感に襲われたルノは、それと同時に空腹《くうふく》を感じた。

大臣からもらった小袋の硬貨を確認し、彼は何か食べようと考えた。

路地裏から抜けだし、食事できる場所を探す。

（というか、武器を持っている人が当たり前のようにいっぱいいるな。平和そうだけど、意外と治安が悪いのか）

街道《かいどう》を行き交う人々の中には、武器を装備している者だけでなく、明らかに柄《がら》の悪そうな者達もいる。

ルノは通りを歩くのは危険だと考え、また路地裏に戻ろうとした。しかしいつまでもそうしていても仕方ないと思い、覚悟を決めて街道を歩きだす。

そうして歩を進めながら、道を行き交う人々と自分の格好のギャップに気づく。

（あれ？　この格好でも別に怪《あや》しまれないな。どうしてだろう？）

ルノは学生服を着て、学生鞄《かばん》を提《さ》げていた。当然だが、周囲を見渡しても自分と同じような格好をした人はいない。

それにもかかわらず、道行く人々は彼に反応を示さなかった。

不思議に思いながら歩いていると、屋台の男が声をかけてくる。

「ようっ‼　そこの兄ちゃん、うちの串焼きを買わないか？」

「串焼き？」

「お、その格好は……もしかして兄ちゃんは旅人かい？」

ルノは串焼きを食べたいと思ったが、持っているお金に心配があった。買うかどうか悩《なや》みつつ、その前に屋台の店主に自分の格好について尋ねる。

「あの、俺の格好って、おかしくないんですか？」

「おかしいって何が？」

「えっと、何か変な格好なような気がしていて」

「確かに変わってはいるが、この国には世界中からいろんな奴が訪れるからな。変わった格好をした奴等なんてごろごろいるだろ」

ルノは改めて周囲を見渡してみた。

「なるほど」

確かに、道行く人々の中には変わった格好をした者がたくさんいる。ルノの学生服姿も、ここでは珍《めずら》しい物でもないのだろう。

ルノはふと思いついて尋ねる。

「すみません、この辺に質屋とかありますかね？　ここに来たばかりであんまりお金がなくて……売ればお金になりそうな物とかは、一応持ってそうなんですけど……」

「質屋かぁ。それならこの通りの向かい側にあるぜ。売って金ができたら、俺の串焼きを買ってくれよ」

「分かりました。ありがとうございます」

ルノは屋台の男に礼を伝え、教えてもらった向かいの建物に行く。

店の看板には、ルノが見たこともないような文字が書かれていた。それにもかかわらず、彼はその内容を理解することができた。

「あれ？　何で文字が読めるんだろう」

ルノは少し考えてすぐに気づく。所持していた「翻訳」スキルのおかげらしい。彼は納得しつつ質屋に入る。

「いらっしゃいませ」

彼を出迎《でむか》えたのは、妙に身長が小さい、眼鏡をかけた老人だった。

背丈《せたけ》は一メートル二十センチ程度しかなく、顔は半分以上が髭《ひげ》で覆われている。ファンタジーでお馴染《なじ》みのドワーフである。

ドルトンという名のそのドワーフは、ルノに興味深げな視線を向けつつ、髭を撫《な》で回した。

「ほう。あまり見たことがない服装ですな。今日はどのような用件で？」

「あ、えっと……買い取りをお願いできますか？」

「買い取りですか？　構いませんよ。こちらへどうぞ」

ドルトンに店の奥に案内され、ルノは彼の後に続いた。ルノは今になって、自分の所有物に高価で買い取ってもらえるような物があるのか、不安になり始める。

ドルトンは長机の前に大きな椅子《いす》を置くと、どっしりと腰を下ろした。そして、ルノに対面に座るように促し、ゆっくりと口を開く。

「で、どんな品をお持ちで？」

「あっ、これなんですけど……買い取ってくれますか？」

「ほほう、これは面白そうな物ですね」

ルノは、服のポケットに入っていた中身をすべて取りだした。

糸くずやゴミなどろくな物がなかったが、その中にドルトンの興味を引く物があった。

高校入学の際に買ってもらったスマートフォンだ。

ドルトンはそれを手に取ると、大きな声を上げた。

「これは……す、すごい‼　このような道具、見たことがありませんな！」

「あ、それは……」

「いったい、どんな道具なのですか⁉」

「え、ええっ？」

ドルトンはよほど興味が湧《わ》いたのか、身を乗りだすようにルノに詰め寄る。

ルノは戸惑いながらも、スマートフォンの使用方法を教えていった。ちなみに彼はソーラー充電器も持っていた。

ドルトンはルノの説明を熱心にメモしながら、とても感心していた。

「素晴らしい品ですな！　灯《あか》りになるだけではなく、目の前の景色を一瞬にして記録してしまうとは。その他にも様々な機能が付いている……これほどの品ならば金貨二枚で購入しましょう‼」

「金貨二枚？」

ルノがよく分からずに首を傾げると、ドルトンは慌てたように告げる。

「おっと、これは手厳しい！　やはり金貨二枚程度では満足できませんか？　それでは金貨三枚でどうでしょうか？　これ以上の金額は私の店では出せませんが……」

「あ、えっと……すみません。実は俺、別の国から来たばかりで、こちらの国の硬貨の価値がよく分からなくて」

「そういうことでしたか。これは失礼しました」

ドルトンは安堵《あんど》した様子を見せると、ルノに帝国の硬貨の価値を教える。

帝国では五種類の硬貨が流通していて、下から鉄貨、銅貨、銀貨、金貨、白金貨の順で高額になっていくらしい。

それぞれの硬貨の価値は、ルノなりに日本のお金の価値に換算《かんさん》してみると、鉄貨＝100円、銅貨＝1000円、銀貨＝1万円、金貨＝10万円、白金貨＝100万円といった感じのようだ。

ドルトンは何も知らないルノを面白がり、続けてこの世界にまつわる様々なことを説明してくれた。

ここはバルトロス帝国というところで、人族《ヒューマン》が支配する領域の中で最大規模の国家であるとのこと。ちなみにこの世界には、人族《ヒューマン》、森人族《エルフ》、獣人族《ビースト》、巨人族《ジャイアント》、人魚族《マーメイド》、魔人族《デモン》の六種類の種族が存在しているらしい。

バルトロス帝国以外に人間が治《おさ》める国は、あと二つある。人間以外が治める国家は五つあり、基本的には、各種族それぞれが一つの国家を治めているようだ。

なお、ルノが今いる帝都には、人族《ヒューマン》に限らず世界中の様々な種族が集《つど》っているとのことだった。

ルノはドルトンに頭を下げる。

「いろいろと教えてくれてありがとうございます」

「いえいえ。他にお聞きになりたいことがありましたら説明しますよ」

ルノは一瞬考え、すぐに思いつく。

「あ、それなら、ここでは服って売ってますか？　……あとは食べ物とか水とかは、さすがにないですよね？」

「服はありますが、食料と水はちょっと……」

「服だけでいいです。このスマートフォンの代金から差し引いてください」

「分かりました。それではすぐに見繕《みつくろ》いましょう」

ドルトンはそう言うと、ルノの身体のサイズに合わせた衣服を用意してくれた。

これで、ルノの服装もこの世界の一般人らしくなった。それから様々な道具を購入したが、それでも十分なおつりが返ってきた。

ルノはドルトンに別れを告げて質屋を離れると、その足で串焼き屋のもとに戻る。

「お、帰ってきたか、兄ちゃん。その様子を見ると金はできたのかい？」

「あ、はい。串焼きはおいくらですか？」

「一つ、鉄貨三枚だよ」

ルノは小袋の中から銅貨を取りだし、串焼き屋の男に手渡す。鉄貨三枚は日本円に換算すると３００円である。

ルノはようやくありつけた串焼きを味わいながら、ふと思いつく。

この店主に、ステータスに表示されている、スキルについて聞いてみようと思ったのだ。

「変なことをお尋ねするかもしれませんが……あの、スキルについて教えてくれませんか？」

「は？　スキル？」

思ってもみなかった質問をされ、眉根《まゆね》を寄せる店主。

ルノは、自分でもおかしなことを聞いてしまったと思いつつも、せっかくのチャンスなので質問を続ける。

「えっと、スキルの種類のことなんですけど……技能とか固有とか、どう違うのかなって……」

店主は呆れたような表情を浮かべる。

「兄ちゃん、もしかして箱入り息子か？　今どきスキルのことを知らないなんて、生まれてきたばかりの赤ん坊か、勉強嫌いのガキぐらいだぜ」

「ははは っ。すみません」

ルノはそう謝《あやま》りつつ、串焼きを再び購入した。店主が親切に説明してくれたのは、次のようなことだった。

スキルは基本的には「職業スキル」「技能スキル」「戦技」「固有スキル」の四つに分かれる。

「職業スキル」は、就《つ》いている職業が得意とするスキルである。

職業を設定していなければ、覚えられないスキルもあるが、必ずしもその職業でなければ使えないというわけではない。

「技能スキル」は、潜在的《せんざいてき》な才能のようなものである。

例えば「狙撃《そげき》」を身に付ければ、弓矢や銃の命中力は上がる。しかし、弓矢や銃の扱い方を知らなければ利用できない。

「戦技」は、ＲＰＧゲームでお馴染みの魔法や技など、戦闘に役立つスキル。

職業が「剣士」であれば多彩《たさい》な剣技を覚えることができ、「魔術師」であれば魔法を扱えるようになる。

「固有スキル」は特別な条件下でなければ修得できないスキルで、常時発動するパッシブスキルである。なお、自分の意思でオンオフの切り替えも可能。希少なため滅多《めった》に覚えている者はいないらしい。

「……というところだな。冒険者の奴等はたくさんのスキルを覚えてるらしいが、さすがに修得方法までは俺も知らねえな」

「そうなんですか。ありがとうございます」

「おう、また来てくれよっ‼」

その後、ルノは串焼き屋の店主から、値段が安くて食事を用意してくれる宿屋を紹介してもらった。

こうして彼は、ひとまず今日泊まれる場所を見つけるため歩きだすのだった。

3

ルノは、目的の宿屋にたどり着く。

なぜかその外観《がいかん》は、和風の旅館風だった。

この世界には、過去に召喚された勇者が持ち込んだという日本文化が残っており、日本建築を彷彿《ほうふつ》させる建物もいくつか存在していた。

宿屋の名前は黒猫旅館《くろねこりょかん》。その看板には、でかでかと黒猫の絵が描かれていた。

ルノは宿屋の入り口に立つと、恐る恐る声を上げる。

「す、すみません、誰かいますか？」

「うぃっす‼　今行きます‼」

慌ただしく階段を下りてくる足音が聞こえ、金髪の女性がルノの目の前に現れた。

年齢はルノの一、二歳ほど年上で、掃除の途中だったのか、両手に箒《ほうき》とチリトリを持っている。名前はエリナというらしい。

エリナはそそくさと掃除用具を片付けると、受付に入った。

「いらっしゃいませ！　お客様は何名様でしょうか？」

「あ、一人です。えっと、値段はおいくらですか？」

「宿泊だけの料金は、一日のお泊まりで銅貨五枚。朝、昼、夜の三食の食事付きなら、銅貨八枚になりま～す」

日本円に換算してみると、食事なしは５０００円で、食事付きならば８０００円らしい。

ルノは迷《まよ》うことなく後者を選択した。お金にそれほど余裕があるわけではないが、食事付きというのはそれだけでありがたい。

ルノはエリナに、ひとまず一週間ほど宿泊すると告げ、金貨を手渡した。

「おっ？　お客さんは実は金持ちなんすか？　金貨なんて豪勢《ごうせい》っすね」

「そうなの？」

「金貨なんて滅多に見ないっすからね。どんなに高額な支払いでも、金貨より銀貨を利用する人が多いっすよ。はい、おつり」

「どうも」

「では、部屋まで案内するっす」

おつりを受け取ったルノはエリナに案内され、二階の部屋に連れてこられた。彼女から鍵《かぎ》をもらい、食事の時は一階の食堂に来るように言われる。

エリナがいなくなると、ルノはベッドの上で横になった。

「ふぅっ、やっと落ち着けるな」

この世界を訪れてから初めて、身体を休められる安全な場所を確保できた。

そのことに安心したルノは、しばらく横になっていた。だがやがて身体を起こすと、荷物を確認することにした。

今持っている物は、質屋で購入した衣服と日用品だけ。金銭《きんせん》は、金貨一枚、銀貨八枚、銅貨と鉄貨が数十枚ある。

お金がこれだけあれば当面の生活費は問題ないだろう。そう思う彼だったが、いずれ尽《つ》きてしまうのは間違いなかった。

「早く元の世界に帰る方法を見つけたいけど……でもその前に、生きていくためにはお金を稼《かせ》がないと」

ルノの所持金を日本円にすると20万円程度。決して少ない額ではないが、宿泊しているだけで一月も保たない計算になる。

ルノは硬貨を数えつつ、早めに働ける場所を探すことに決めた。

「しかし、何でこんなことになったんだろう……皆、心配してるかな」

ベッドの上に座りながら、ふとそんなことを考えてしまった。それから、元の世界の両親や友人達のことに思いを馳《は》せたものの、頭を振って気持ちを切り替える。

ステータス画面を開き、今日上昇した魔法の熟練度を確認する。

彼は「成長」という能力を持っている。経験値を通常より多く獲得できるというものだ。その影響なのだろうか、熟練度の上昇率が異常に高いように感じられた。

『風圧』の魔法は数回使用しただけにもかかわらず、その熟練度は3まで上昇していた。

「戦技」

・風圧——風属性の初級魔法（熟練度：3）。

・火球――火属性の初級魔法（熟練度：2）。
・氷塊――水属性の初級魔法（熟練度：2）。
・電撃――雷属性の初級魔法（熟練度：2）。
・土塊――地属性の初級魔法（熟練度：2）。
・闇夜――闇属性の初級魔法（熟練度：2）。
・光球――聖属性の初級魔法（熟練度：2）。

それ以外の各属性の熟練度も上昇している。

ルノは、熟練度が一番上がっている『風圧』がどう変化したのか試してみようと考えた。

さっそく彼は手のひらを前に出すと魔法を唱える。

「『風圧』……うん、前よりもだいぶ操作しやすくなったな」

風属性の初級魔法の変化を感じ取った彼は、今度は手のひらではなく指先に意識を集中させ、風を生みだしてみた。

指先から小さな風の渦巻《うずまき》が誕生《たんじょう》する。そのまま指を動かし、フリスビーを投げるような感じで前方に放つ。

「あ、消えちゃった」

渦巻は二メートルくらい飛んだものの、呆気《あっけ》なく消失してしまった。

続いて彼は、別の使い方も試してみることにした。ルノは拳に意識を集中させると、そこに風を纏わせる。そして風に覆われた拳を突きだした。

風の渦巻が前方に向かって凄まじい勢いで飛んでいく。

「へえ、これは面白いな。あ、また熟練度が上がってる」

デキンは初級魔法は役に立たないと馬鹿にしていたが、そんなことないように感じる。

ルノは実際に初級魔法を使ってみて、その自由な可能性に気づきつつあった。

『風圧』の熟練度がどこまで上昇するか確かめるため、さらに試してみることにした。ちなみに熟練度が上がると精度《せいど》が高まるだけでなく、魔力の消費量まで減少するのは確からしい。

ルノは風の渦巻を操作しながら呟く。

「今度は形状を変えられないかな？　えっと、こんな感じか？」

それから彼は部屋の窓を開け、外の様子を見る。

外に目立つ物が何もないのを確認し、窓から離れた場所に移動して手のひらを構える。

そして渦巻以外の形状にすべく、彼は意識を集中させる。

「『風圧』‼」

ルノの手のひらから発生したのは、三日月形《みかづきがた》の風の刃《やいば》だった。

刃は開け放たれた窓をすごい勢いですり抜け、向かいの民家の屋根を掠《かす》めて飛んでいった。

「お、おおっ。何かすごいのが出た気がする」

ルノは戸惑い、窓が壊《こわ》れていないか確かめる。

窓には異常はなかったものの――彼は目の端《はし》に映ったステータス画面に違和感を覚えた。

よく見てみると、『風圧』の熟練度がとんでもないことになっていた。

「あれ？　熟練度がいつの間にか10になってる……何だこれ？」

さらに別の画面が現れる。


《『風圧』の熟練度が限界値に到達しました。これにより強化スキル『暴風《ぼうふう》』が解放されます》

熟練度が限界値に到達？

よく分からなかったが、どうやらそのことで「強化スキル」というのを覚えたようで、固有スキルの項目に『暴風』というのが追加されていた。


「戦技」
・風圧――風属性の初級魔法（熟練度：10）。

・火球――火属性の初級魔法（熟練度：2）。
・氷塊――水属性の初級魔法（熟練度：2）。
・電撃――雷属性の初級魔法（熟練度：2）。
・土塊――地属性の初級魔法（熟練度：2）。
・闇夜――闇属性の初級魔法（熟練度：2）。
・光球――聖属性の初級魔法（熟練度：2）。

「固有スキル」
・暴風――風属性の魔法の威力《いりょく》を上昇させる。

ルノは魔法を試したに過ぎない。魔物と戦ったわけでもなければ、激《はげ》しい修業《しゅぎょう》をしたわけでもない。それにもかかわらず彼は、風属性の魔法の熟練度を限界値である10まで上げ、新《あら》たな能力まで獲得してしまった。

手に入れたのは、風属性の魔法を強化するものらしい。さっそくその能力を試してみることにして、再び手のひらを構える。

「威力を上昇させるか……どれくらい上がるんだろう」

窓は開いたままである。ルノが先ほどのように窓に向けて魔法を発動させようとした、その瞬間――

さっきとは比べ物にならないほどの魔力が集まり、螺旋状《らせんじょう》の風が放たれた。

「うわっ⁉」

衝撃《しょうげき》でルノは後ろへ吹き飛ばされる。

一方、彼の手のひらから放たれた風の弾丸は猛スピードで窓を抜けると、向かいの建物の屋根を一瞬にして抉《えぐ》り取った。

その光景を見て、ルノは唖然とする。

「や、やばい。謝らなくちゃ。でもあの建物……」

よく見ると、向かいの建物はかなり古びている印象だった。どうやらルノが屋根を壊してしまう前から老朽化《ろうきゅうか》していたらしい。

彼は起き上がると慌ただしく部屋を出て、建物に向かう。

途中でエリナと遭遇《そうぐう》する。

「お？　お出かけっすか、お客さん？」

「あ、エリナさん！　あの、聞きたいことがあるんですけど。この宿屋の向かい側の建物って、人が住んでたりしますか？」

「あ〜、あそこは廃屋《はいおく》ですよ？　何年か前には住んでいた人がいたみたいですけど、全員失踪《しっそう》したようで、それ以降誰も住んでないっす」

「あ、そうなんですか」

ルノは、安堵の息を吐きだした。

彼の妙な反応に、彼女は不思議そうに首を傾げる。そして、変な人を見るような視線を向けながら業務に戻っていった。

安心したルノは部屋に帰ってきた。そしてさっきの不用意な行動を反省しつつ、先ほどの風の弾丸を思い返す。

「初級魔法は役に立たないって……やっぱりそうは思えないな」

ルノは呟くと、窓の外に視線を向ける。

古いとはいえしっかりした煉瓦製《れんがせい》の屋根である。それがルノの魔法によって、綺麗に破壊《はかい》されていた。

ルノのレベルは1だ。『風圧』の熟練度こそ限界に達しているが、魔術師としてまだそのスタートラインに立ってさえいない。

「初級魔術師……初級魔法しか扱えない魔法使いか」

デキンの言葉を思い返しながら、ルノは再びステータス画面を確認する。

画面には、『風圧』の他に、『火球』『氷塊』『電撃』『土塊』『闇夜』『光球』の六つの初級魔法が表示されていた。

これらすべての魔法の熟練度を限界まで伸ばしたらどうなるのか——

窓の外を見ると、すでに夕方を迎《むか》えようとしていた。

「……頑張《がんば》れば、明日の朝までには全部上げられるかな」

『風圧』の熟練度を限界まで上げるのにかかった時間からすれば、それも可能かもしれない。

ルノは初級魔法がどこまで強くなるのか確かめるため、すべての初級魔法の熟練度を限界まで上げると決意する。

「でも危ないから別の場所に移動しよう。宿屋の裏庭でも貸してもらおうかな」

部屋の中だと宿屋に迷惑《めいわく》がかかってしまう。彼はそう考えて、できる限り広い場所に移動して、初級魔法の訓練を行うことにした。

×　×　×

「ここなら迷惑はかからないかな」

宿屋の裏庭にやってきたルノは、長い間放置されていると思われる花壇《かだん》に視線を向け、周囲の状況を確認する。

花壇の他には古ぼけた井戸があるだけで、障害となりそうな物はなかった。

さっきみたいに建物に魔法を撃《う》たないように気をつけ、今度は火属性の初級魔法を試す。

「『火球』」

両手を使って発生させたのは、炎の球体だ。

どれほどの数の『火球』を操作できるか試すため、ルノは自分の周囲に次々と『火球』を生みだしていく。

「『火球』『火球』……面倒だな」

魔法を発動させるたびに詠唱《えいしょう》することに面倒臭さを感じたルノは、一度に複数の『火球』を生みだせないのかと考える。

試しにたくさんの『火球』を生みだす想像をしながら発動してみる。

「『火球』‼　あ、やった……四つ出た」

彼の周囲に、四つの炎の球体が出現した。

さっきまでに出したのも加えると、彼の周りには三十個近くの『火球』が滞空《たいくう》している。

しかし、最初に発現させた『火球』はすでに消えてしまっていた。また数を多くするほど一つひとつの操作が難《むずか》しくなるようだ。

ルノは『火球』が消えるよりも早く、次々と生みだし続けていく。

「うっ……さすがにきつくなってきた。だけど、まだまだ‼」

五十個ほど『火球』を生みだした時点で、ルノの頭に激しい痛みが走った。しかしルノはやめることなく、限界まで『火球』を生成し続ける。

三十分後、彼の周囲には百個の『火球』が滞空していた。

「さ、さすがにこれ以上は無理……だけど、熟練度も随分《ずいぶん》上がったな」

ステータスを確認すると、『火球』の熟練度は8まで上昇している。熟練度が高くなったことで、『火球』は消えなくなった。

ルノは周囲に浮かぶ『火球』に視線を向け、手のひらを叩いてすべて消し去る。

「ふうっ、次はどうしようかな。あ、別に言葉にしなくても出せるのか」

熟練度が上昇した影響なのか、手を差しだすだけで『火球』が発現するようになった。これまでに出した『火球』の大きさはすべてソフトボール程度だった。続いてルノはより大きな『火球』を試してみることにする。

「くっ、こうか？」

意識を集中させ、『火球』が大きくなるように念じてみる。すると、『火球』は徐々に膨れ上がり、バスケットボールほどの大きさになった。

ルノはそれを頭上へ移動させ、両手を掲《かか》げてさらに大きくなるように念じる。

『火球』は直径一メートルほどまでに巨大化したが、さすがにこの大きさが限界だと判断し、ルノは、『火球』を掻《か》き消す。

「ふうっ」

ステータスを確認すると、『火球』の熟練度は9に上昇していた。

あと少しで限界値を迎えるはず。だが、これ以上どうすればいいのか分からなかった。

ルノは悩んだものの、『風圧』の時と同様に形を変えてみることにした。

「球体以外に変形できないかな……槍《やり》とか?」

手のひらに『火球』を生みだし、その形を変えるため意識を集中する。『火球』の形が、徐々に彼の意思に合わせて変化していく。

やがてそれははっきりとした槍の形――火炎槍《かえんそう》になった。

長さは一メートル程度で握ることもできる。どうやら本物の槍のように扱えるらしい。

「おおっ、ちょっと格好いいけど、槍なんて使ったことないからな」

これを武器として振り回すのは難しいかもしれないが、ルノの意思に合わせて操作することが可能なので、『火球』のように飛ばして使うのもありだ。

ただし、攻撃範囲が大きいという利点を持つ一方で、魔力の消費量も大きいということに注意しなくてはいけない。


《『火球』の熟練度が限界値に到達しました。これにより強化スキル『灼熱《しゃくねつ》』が解放されます》

「あ、やった。熟練度が限界までぇぇぇぇえっ⁉」

火炎槍を発現している最中に、強化スキル『灼熱』を修得してしまった結果――

火炎槍が、激しく燃え盛《さか》ってしまった。

ルノは慌てて消し去ろうとしたものの、強化された魔法の操作は難しく、火炎槍は膨《ぼう》張《ちょう》し始めてしまう。

「まずい⁉」

咄嗟《とっさ》にルノは手のひらを地面に押しつけて『土塊』を発動させる。そうして地面を陥没させて大きな穴を作ると、そこへ膨張していく火炎槍を入れた。

「退避《たいひ》‼」

穴に火炎槍を落とし、ルノは飛び退《の》いて頭を伏《ふ》せる。

直後、爆発音が響き渡った。

ルノが恐る恐る振り返ると、穴の中から黒煙《こくえん》が上がっていた。

「し、死ぬかと思った……」

安堵の息を吐くルノだったが、今ので宿屋の人達に気づかれてしまったのではないか、と心配になってしまう。

彼はバレていないことを祈りながら、裏庭の後始末をするのだった。

訓練を中断して宿屋に戻ったルノは、夕食を取って部屋に戻った。

さすがに一日ですべての初級魔法を極《きわ》めるのは難しい……

そう思ったものの、魔法を使うのに楽しさも感じていたルノは、室内で控《ひか》えめに訓練することにした。

×××

彼が次に選んだ初級魔法は『氷塊』である。

軽く試してみて気づいたのだが、どうやらこの魔法はルノにとって、他の初級魔法に比べて使いやすいらしい。

「『火球』みたいに多くは発動できないけど、操作とか変形とかの応用性は高そうだな」

そう呟くルノは、空中に浮かぶ『氷塊』の椅子に座っていた。

まさか空を飛べる日が来るとは……ルノは、子供の頃の夢が叶ったような気分になっていた。しばらく空中遊泳《ゆうえい》を楽しんでいたルノだったが、ふと気づく。

「よっと、うわ、尻が濡《ぬ》れてる」

魔法で生みだした現象は、術者の肉体に影響を与えないが、身に着けている物はその限りではない。

そのことは知っていたものの、衣服が濡れたことでルノは改めて思い知らされた。

『火球』で乾《かわ》かそうと思い、ふとステータスを開いてみる。その際に、ステータスに変化が起きていることに気づいた。

「『氷塊』の熟練度がもう8に上がってる。空を飛んでただけなのに」

やはり魔法には相性《あいしょう》があるらしい。『火球』は熟練度を上げるのにかなり苦労したが、『氷塊』は遊んでいるだけで一気に上がってしまった。

続いて『氷塊』の新たな使い方を探るべく、別の形状にしてみることにした。彼は手のひらを翳《かざ》すと、剣の形状にした『氷塊』を生みだす。

「よし、できた。詠唱なしで魔法を発現できるようになったな」

ルノの手のひらに、西洋剣の形をした『氷塊』が出現している。振ると本物の剣と何ら変わりがない。重量さえ感じ取ることができた。

空中に放り投げてみると、他の『氷塊』と同様に、彼の意思に合わせて自由に操作することもできる。

「これは便利だな。戦う時になったら一番役立ちそう」

『氷塊』は剣だけでなく、盾など様々な武具にすることができた。

ルノは次々と自分の思い浮かべる武器や防具を再現していった。もっとも、『氷塊』で作りだせる武具は氷製なので熱に弱い。それに加えて、長時間の発現も不可能だ。

様々な武具の製作を試しつつ、ルノはふと呟く。

「お、もう少しで熟練度が限界に上がりそう。あれ、でもこのパターンだと……『火球』の時みたいに強化スキルが発動してとんでもないことになるんじゃ」

ルノは慌てて『氷塊』をすべて取り消そうとしたが、先にステータス画面の熟練度が10に到達してしまう。


《『氷塊』の熟練度が限界値に到達しました。これにより強化スキル『絶対零度《ぜったいれいど》』が解放されます》

「絶対零度？　言葉の響きからして絶対にまずいやつじゃん‼」

ルノはそう叫びつつ、即座に『氷塊』を消失させた。

被害が出る前に、魔法を掻き消せたようだ。ルノが安心しかけた時――空中に浮かべた状態の椅子がまだ残っていることに気づく。

「うわ、やばいっ⁉　……あれ、何ともない？」

椅子に変化は見られない。『火球』の時と違って、ルノの意思で操作できなくなったわけでもなさそうだ。

彼は恐る恐る、『氷塊』の椅子を調べることにした。

特に変わったことはなかったが、椅子全体が冷気を放出していることに気づく。それによって室温が下がり続けているらしい。

そういえば、彼は先ほどから死にそうなほど震《ふる》えている。

「うわ、寒いっ……⁉」

『氷塊』に触れてもルノの肉体は何も感じないが、『氷塊』の椅子によって下げられた室温は、間接的に彼の肉体に影響を与える。

彼は即座に『氷塊』を消失させると、窓を開いて冷気を放出させた。

「さ、寒かった……いちいち強化スキルを獲得するたびに死にかけるのは、何とかならないのか」

ルノはそう言うとステータス画面を開く。そして固有スキルの項目を確認して、強化スキルを調べてみた。

獲得した強化スキルはすべて、オンオフの操作ができるようだ。彼はさっそくすべて解《かい》除《じょ》してしまう。

「これで良し。一応試しておこうかな。『氷塊』」

手のひらに『氷塊』の長剣を生みだし、先ほど氷の椅子が引き起こしたような事態にならないのを確認して安堵する。

続いて彼は、剣を握りしめながら座り、刀身《とうしん》に視線を向ける。

「漫画とかでは、刃を超振動《ちょうしんどう》させて切れ味を鋭《するど》くするってのがあるよな。まあ、さすがにそんなことできるはずがないと思うけど……」

よく読んでいた漫画の知識をふと思いだした彼は、半ばふざけながらだが、刃を振動させるのを試してみることにした。

メトロノームの振り子のように、剣を手で左右に振り、徐々に振れ幅《はば》を縮《ちぢ》めて速度を上げていく。

やがて刃は小刻《こきざ》みに震えるようになり、ついには超振動という状態に至った。

「うわ、嘘でしょ……本当に上手《うま》くいったよ。えっと……どれくらい斬《き》れるのか？」

小刻みに振動する氷剣を握りしめたルノは、手頃な物で切れ味を確認するため、小袋の中から一番価値が低い鉄貨を一枚取りだす。

「上手くいくかな……そりゃっ‼」

空中に鉄貨を放り投げる。

ルノは剣を構えると、剣の達人のように鉄貨に向けて振り抜いた。

彼としては冗談のつもりだったが……鉄製の硬貨は、剣の刃に触れた瞬間に一刀両断《いっとうりょうだん》されてしまった。

二つに切り裂《さ》かれた硬貨が、地面にことりと落ちる。

「……マジで？」

ルノは冷や汗を流す。

予想以上の結果を目の当たりにして動揺していた。

×　×　×

翌日の早朝。

目を覚《さ》ましたルノは、慣れないベッドで寝たことで凝《こ》った身体を伸ばしていた。それから、眠気《ねむけ》覚ましに裏庭に行き、井戸で水を汲《く》み上げて顔を洗う。

「ふうっ。こうしていると爺《じい》ちゃんの家を思いだすな」

ルノは元の世界では田舎《いなか》の祖父《そふ》の家をよく訪れ、井戸の水を汲み上げたり、薪割《まきわ》りを手伝ったりしていた。

「朝目が覚めたら元の世界……なんて、上手い話はないか」

空を見上げると、明らかに鳥ではない巨大な生物が飛んでいた。それは雲の隙間《すきま》を潜《くぐ》り抜けて飛行していく。

背中に翼を生やした馬だった。

彼はため息を吐く。神秘的な光景とも言えるが、ルノとしては一刻も早く元の世界に戻りたかった。

「……でも、泣き言を言っていてもしょうがないし、今日も魔法の訓練を頑張るかっ‼」

ルノはそう言って両手で頬《ほお》を叩き、気を引き締《し》める。

今日は朝食を取る前から、この裏庭で初級魔法の訓練をすることにした。

初級魔法は一般人でも扱える生活魔法。帝国の大臣のデキンからはそう馬鹿にされたが、ルノはそうではない可能性に気づいている。自分の魔術師としての能力を知るためにも、初級魔法を限界まで極めたいという気持ちが逸《はや》っていた。

「あと四つか。だけど、『電撃』は使い道が難しいな」

初級魔法の中で何となくイメージしづらく、扱いに困っていた『電撃』に取りかかる。

ルノは両手を構え、『電撃』の魔法を発動する。

すると、手のひらに電流が迸《ほとばし》った。この電流は手に限らず身体の様々な部位から出せるが、手からが一番出しやすい。

なお、熟練度の低い現時点で、スタンガン程度の威力は出せる。だとしても、それでは魔物に対処できるはずもない。

ルノは両手に電流を帯《お》びさせつつ、ふと思いつく。

(そもそも魔物ってどんな存在なんだろうな。昨日はでかい竜を見たし、まさかとは思うけど、あんなのが外にはゴロゴロいるのか)

現在、彼は帝都に滞在《たいざい》している。帝都の外には、人の住まない土地が広がっており、当たり前のように魔物が生息しているらしい。

普通の動物もいるが、魔物のほうが圧倒的に多い。大半の魔物は人に危害を加える。

この帝都近辺にも、人を襲う魔物が十数種類も存在していると聞いた。これは質屋のドルトンから教えてもらった。

（戦える手段は身に付けておかないと。空を飛べても安全とは言い切れないし……今でも十分に戦えると思うけど、やっぱり戦闘手段はもう少し欲しいな）

『氷塊』の魔法を活用して空を飛ぶ方法は発見したが、空が安全ではないのはすでに知っている。

ルノの戦闘手段は、訓練で極めた三つの初級魔法がある。だが、手段は多いに越《こ》したことはない。

ルノは手に電流を纏わせながら、どうすべきか考える。

「手のひらから強力な雷を放つ……というのは無理そうだな。あくまでも生みだせるのは、身体を覆う電流程度か」

ステータス画面を確認しつつ、ルノは『電撃』の魔法を繰《く》り返し放出してみる。

これまでの魔法と比べると、やはり工夫するのが難しそうだ。サイズを変えるのも形状を変化させるのも、元々の形状が不安定でなかなか上手くいかない。

「あ、そうだ‼　もしかしたらあの魔法と……」

ルノは一方の手に電流を纏わせながら、別のもう一方の手で『氷塊』を発動する。生みだしたのは氷の槍である。

彼は槍を握ると、電流を纏った手を添えた。すると、『氷塊』の槍の表面を電流が迸る。

「おおっ‼」

氷は電気をほとんど通さないとされるが、魔法で生みだされた『氷塊』の槍はしっかりと帯電《たいでん》していた。

それから彼は、帯電した状態の槍を手放した。すると電流は徐々に消え去り、十秒もしないうちに完全に消失してしまった。

どうやら短時間であれば、氷の槍に電流を帯びさせることが可能らしい。

(『電撃』は直接的な攻撃に使用するよりも、こんなふうに補助的な使い方をするほうが合ってるのかも。それなら、無理に熟練度を上げる必要はないかな)

『電撃』の熟練度は極めていないが、ルノはそう結論づける。その後、『氷塊』の初級魔法で生成した他の武器や防具にも帯電させられることを確認した。

強力な攻撃手段を身に付けたことにルノは満足し、訓練を中断するのだった。

×　×　×

宿屋の食堂で朝食を取り、ルノは再び裏庭に戻ってくる。

続いて彼は、『土塊』の熟練度を高めることにした。

『土塊』の熟練度はすでに4まで上昇している。これまでこの魔法は、地面を操作することで熟練度を上げてきた。

『土塊』で地面を陥没させたり、あるいは土壁のように隆起《りゅうき》させたりできることはすでに確かめてあった。今回は土を変形させるのに挑んでみる。

「『土塊』‼」

ルノはそう唱えて、手のひらを地面に押しつける。

土を操作して生みだしたのは土の槍である。

槍の刃先のように尖《とが》らせた土を作りだしたのだが、熟練度が低いせいなのか、かなり時間がかかってしまった。

「う～んっ。攻撃に利用するのは難しそうだな。だけど、熟練度を上げればもっと早く作りだせるかも。次は……そうだな、これは大丈夫かな？」

続いてルノは、自分の前に土壁を作りだし、さらに距離を置いた別の位置にもう一つの土壁を作りだした。

そして、後で作りだした土壁に手のひらを向けると、意識を集中させ、土壁から先ほど試したような土の槍を作りだす。

「『土塊』っ‼」

土壁から複数の槍が伸び、手前の土壁に突き刺さった。

ルノが喜んだのも束《つか》の間、壁に突き刺さった槍はあっけなく崩れてしまった。

「ああっ……上手くいったと思ったけど、やっぱり強度不足か」

土を利用した壁や槍は耐久性が低いので、強い衝撃には耐えられないようだ。

彼はいろいろと考えた末、『土塊』の強度不足を補《おぎな》うために、他の魔法を組み合わせることにした。

まずは『氷塊』を試してみる。

「こんな感じかな？」

再び作りだした土壁に手のひらを向け、彼は『氷塊』の魔法で表面を凍《こお》らせる。これで土壁の強度が上昇したのは間違いない。

すぐに彼は、頭を抱《かか》えてしまう。

「いや、いちいち凍らせて固める意味なくない？」

土壁を凍らせるよりも、『氷塊』で氷壁を生みだしたほうが早い。わざわざ二つの魔法を使用する必要はなかった。

その後も、他の魔法と組み合わせられないか考え、ルノは魔法の相性をいろいろと試していった。

結果、意外なことに、『土塊』は『風圧』の魔法と相性が良いことが判明した。

「『風圧』‼」

手のひらに渦巻を生成したルノは、その手で土を掴むと、渦巻に組み合わせて前方に解き放つ。

彼の目の前で、砂嵐《すなあらし》が巻き起こった。

これを利用すれば敵の視界を封《ふう》じることができる！　ルノはそう思いつつも――土砂がこびり付いた手を見てため息を吐く。

「これだと『土塊』は必要ないな……普通に砂を掴むだけでいいじゃん」

結局、『風圧』も『土塊』と組み合わせるのは難しいと判明した。ちなみに『電撃』は、電流を地面に放出した時点で霧散《むさん》してしまうので、『土塊』との相性は論外《ろんがい》だった。

他の魔法との組み合わせはどれも良くなかったので、ルノは『土塊』独自の使い方を探ることにした。

『土塊』の可能性を信じて試行錯誤《しこうさくご》を続けていると、ふと思いつく。

「あ、そうだ‼　流砂《りゅうさ》のようにできないかな。試してみよう」

土を操作することで、砂漠《さばく》の流砂のような仕組みを再現できないのかと考えたのだ。

ルノが手のひらを地面に押しつけて魔法を発動したところ――彼の視界に画面が表示される。

《『土塊』の熟練度が限界値に到達しました。これにより強化スキル『重力《じゅうりょく》』が解放されます》

「あれ？　もう熟練度が上がっちゃった……うわわっ⁉」

新しいスキルの修得画面が現れた瞬間――ルノの手が紅色に輝き、地面に両手が勢いよくめり込んでいく。

慌てて、ルノは両手を引き抜く。

地面を確認すると、そこには手のひら型の穴ができていた。

ルノは呆然としてしまい、何が起きたのか理解するのに時間がかかった。

「な、何だ？　手が埋《う》もれた……というより地面が沈んだ？」

ルノとしては、それほど強い力で手のひらを押しつけたつもりはない。

勝手に地面が柔《やわ》らかくなって、手が沈んでいったような感覚だった。彼は両手から滲《にじ》みだす紅色の光を見て戸惑っていた。

彼は画面上に表示されたスキル名を見て、仮説を立てる。

「『重力』……重力を歪《ゆが》めたのか？」

紅色の魔力は、依然《いぜん》として両手から放たれている。

ルノは右手を空手《からて》の貫手《ぬきて》の形にし、そのまま地面に突き刺した。

すると、右手は手首まであっさりと埋まった。

「全然手応《てごた》えがなかった。重力を操作するスキルか。これはすごいな」

ルノは新たに手にした能力に困惑しつつも、攻撃手段が増えたことを素直に喜んだ。

×　×　×

昼食を終えたルノは、部屋に戻って訓練することにした。

裏庭を荒《あ》らしすぎると、宿屋を追いだされると思ったのだ。それに、攻撃力のない『光球』であれば屋内《おくない》でも大丈夫だろう。

「う～んっ……この魔法は『火球』と比べると使いにくいな」

指先で光る球体を見ながら、ルノは頭を悩ませる。

『火球』の要領《ようりょう》で数を増やそうとしても上手くいかない。熟練度が上昇しても同時に発現できる数はそれほど伸びず、熟練度が5の状態で五つまでしか作りだせなかった。

攻撃力はまったく伸びず、指先で触れるだけで消失してしまう。

「激しく動かせないし、数も作れない。だけど、持続時間と光量は『火球』よりも上か……」

『光球』は熟練度が低い状態でも、一時間以上発動し続けられた。光量はルノの意思で変えられ、抑えれば蛍《ほたる》のような淡《あわ》い光にすることもできる。

「逆に、閃光弾《せんこうだん》みたいに一気に光量を上げられたら面白いかも。そうすればすごく役立ちそうだけど、俺も危ないかな」

実際、光量を限界まで高めれば、閃光弾のように周囲を照《て》らすことも可能なようだ。ただしその場合、自分の視界が奪《うば》われる危険性がある。

『火球』や『電撃』で術者の肉体が傷つかないように、『光球』で術者の眼球がダメージを受けることはない。それでもやはり強い光を前にすれば、周囲が見づらくなってしまうのだ。

「『光球』は熟練度が上がりにくいな。後回しにして、先に『闇夜』の訓練に移ろうかな」

そう言うとルノは、指先の『光球』を天井に移動させる。

そのまま今度は、闇属性の初級魔法に挑むことにする。

『闇夜』は両手から黒い霧を生みだす魔法で、ルノは初級魔法の中で一番使い勝手が悪いと感じていた。

「相手の顔に触れて黒い霧で目潰《めつぶ》しする。そんな使い方を考えていたけど、その場合、相手に直接触れないといけないからな。『風圧』と組み合わせて煙幕《えんまく》のように利用するのもありか」

『闇夜』は手に纏わせる程度しか操作できず、飛ばしたりはできない。

『風圧』で黒い霧を煙幕のように飛ばす方法を思いついたが、それもどこか実用性に欠ける気がしていた。

「……あ、そうだ。『光球』も他の魔法と組み合わせてみるか」

一応、『闇夜』と『風圧』の組み合わせを思いついたことで、『光球』についても考えてみることにした。

浮揚させていた『光球』を手に戻し、ステータス画面に表示されている初級魔法を見ながら一つひとつ試していく。

「『風圧』……特に変化なし。それなら『火球』は……だめか。外見が似てるから上手くいくと思ったけど効果はなしと」

『氷塊』もだめだった。

『土塊』も試したが、特に何の反応を示さない。『闇夜』は『光球』と相性が悪く、接近した時点で消失してしまった。

最後に彼は『電撃』を発動させ、電流を帯びた手で『光球』を握りしめてみた。

「……おおっ？」

『光球』が手のひらの中に、呑み込まれるように消え去っていく。すると、彼の手から放たれていた電流の色が黄から白に変化していった。

彼の視界に、スキルの熟練度が限界値に到達した時とは異なる画面が表示される。

《合成魔術『白雷《はくらい》』を修得しました。ステータスを更新します》

「何だこりゃ?」

ルノは戸惑いの声を上げる。

ステータス画面を開くと、「戦技」と「固有スキル」の間に、「合成魔術」という新しい項目が追加されていた。

そこに、先ほど覚えた『白雷』が表示されている。


「合成魔術」
・白雷――聖属性と雷属性の合成魔術。
白色の電流を生みだし、標的《ひょうてき》に一定時間帯電する。標的が生物の場合は、一時的に麻痺《まひ》の状態に追い込む。


どうやら合成魔術は、属性の異なる魔法を組み合わせることで生まれるらしい。

ルノは『白雷』の説明をしっかり読んだ。

「へえ……電流を帯電させるのか。それは役立ちそうだな」

物には帯電させることができ、生き物は麻痺させられる、とのこと。

『白雷』については何となく理解できたが、合成魔術に関してはやはりまだ分からない。

そもそも『光球』と『電撃』で、なぜ合成魔術ができたのか。

ルノはその組み合わせを試す前に、『氷塊』と『電撃』、『闇夜』と『風圧』など、様々な組み合わせを試していた。それにもかかわらず合成魔術が生まれたのは『光球』と『電撃』の組み合わせだけ。

彼は顎《あご》に手を当てて考え込む。

（合成魔術には、何か特別な条件が必要なのかな。そういえば『白雷』ができた時は、『電撃』が『光球』を吸収したように見えたけど……）

実際、『電撃』を纏う手に『光球』が吸い込まれていったような感覚があった。

もっと言えば、それによって『光球』の性質を『電撃』が受け継《つ》いだように感じたのだ。

その直後に、電流の色が黄色から白に変わった。

（つまり、二つの魔法を組み合わせるだけじゃ足《た》りない。魔法の強化にならないといけないんだ。『氷塊』と『電撃』は氷に電流を流しただけ。これは強化でも何でもない。『闇夜』と『風圧』の場合も黒い霧を風で吹き散らしただけだ。それに対して『電撃』と『光球』は、『電撃』が『光球』の属性を得て強化されている）

彼はこれまでの経験から、合成魔術が生まれる法則を導きだした。実際にこの考えは正しく、彼は誰にも教わらずに答えにたどり着いたのだった。

合成魔術は一流の魔術師でも修得できないと言われている。それにもかかわらず、ルノは異世界にやってきてたった二日で覚えてしまった。

「さてと……そろそろ出かけるか」

ルノはそう言って部屋に戻ると、街に出向くことを決めるのだった。

4

訓練を終えたルノは、日が暮れる前に、昨日の質屋を訪ねた。

「失礼しま～す……」

「おや、貴方は昨日の……いらっしゃいませ」

ルノがここにやってきたのは、スマートフォンが売れてしまったか確認するため。お金を稼げたら、スマートフォンを買い戻そうと考えていたのだ。

しかし店内には、彼のスマートフォンらしき物は置かれていなかった。もう売れてしまったのかもしれない、そう不安になったルノは尋ねる。

「あの、俺のスマートフォンはまだ残ってますか？」

「ええ、あの商品は私が愛用していますよ。計算するのに便利ですからね」

「そ、そうですか」

ドルトンは懐からスマートフォンを取りだす。画面には電卓が表示されており、さっきまで何か計算していたのか、数字が打ち込まれていた。

ルノは、スマートフォンが売れていないと知って安心する一方、このように店主が使用していては買い戻すのは難しいとも思った。

ルノは思いつきで、ここで働けないか探ってみることにする。

「すみません。この店って、ドルトンさんだけしかいないんですか？」

「いえ、店の品出しを手伝ってくれる人はいるんですよ。ですが、まあ基本的には、私一人で管理していますね」

「バイト……いや、人材って募集《ぼしゅう》してませんか？」

「ふむ、今のところは大丈夫ですが……何か？」

「ええ、まあ、ちょっと働く場所を探していまして」

ルノが困ったような表情を浮かべると、ドルトンは事情を察し、笑みを浮かべた。

「なるほど。では、奥で話をしませんか？　お茶ぐらいは出しますよ」

さっそく店の奥へと通されたルノ。ドルトンはお茶を出すと、詳《くわ》しい事情を尋ねてくる。

「貴方のお名前は、ルノ様でしたね。しかし、これほど貴重《きちょう》な魔道具を所有しているとは……実を言うと、私は貴方に興味を抱《いだ》いています」

「はあ、そうですか」

ドルトンが商売人の顔をして、ギラリと目を光らせる。ルノがその勢いに気圧《けお》されていると、ドルトンはさらに続ける。

「私は四十年ほどこの店を経営していますが、これほどの品は見たことがありません。この魔道具……いったいどのような方法で作りだしたのか、お尋ねしてもいいですか？」

「そ、それは俺もちょっと分からないんですが、そのスマートフォンは俺の国では大抵の人間が持っている道具で……」

ルノの返答を聞いて、ドルトンはさらに前のめりになる。

「何とっ‼　それはすごい‼」

「……あの、俺の話も聞いてくれますか？」

感極まったドルトンがぐいぐい距離を詰めてくるのを落ち着かせ、ルノは何とか自分の用件に話を持っていくことにした。

ルノから一通り話を聞いたドルトンはしばらく考え込み、冷静に尋ねてくる。

「ふむ、生活費を稼ぐために働ける場所を探していると。では、これまでにどのような職業を経験してきたか、教えていただけますか？」

「えっと……学生というのは分かりますか？」

「ガクセイ？　こちらの国では、聞いたことがないですな。どのような職業なのですか？」

「いや、働くというよりは勉強をしていたんですが……すみません、本当は養われていました」

ルノが慌てて答えると、ドルトンは目を丸くする。

「ほうっ、そのお年で今までに一度も働いたことがないと⁉　ということは、旅に出たのはごく最近のことなのですかな？」

「……そ、そうですね。本当に最近です」

ドルトンは納得したように頷《うなず》くと質問を変える。

「ふむ。では、何か他の人よりも優《すぐ》れている長所はありますか？」

「長所？　……えっと、魔法なら少し自信があります！」

「ほうっ、それは素晴らしい‼」

ドルトンは声を上げ、嬉しそうに目を見開く。

咄嗟に魔法に自信があると言ってしまったが、実際ルノは初級魔法しか扱えない。

それでも昨日までの訓練で、自分なりの工夫の仕方を覚えた。魔法の効果を高める強化スキルもいくつも修得している。

こちらの世界の魔術師の実力がどんなものなのかは分からない。とはいえ彼には、初級魔法しか人に誇れる能力はなかったし……それになぜか妙な自信を持っていた。

ドルトンが、ルノの顔を凝視《ぎょうし》しつつ告げる。

「ルノさんは魔術師でしたか……それなら、冒険者ギルドを訪ねるのはどうでしょうか？今なら冒険者は人手不足ですし、魔術師は歓迎されると思いますよ」

「冒険者？」

ルノが首を傾げていると、ドルトンが説明する。

「おっと、ルノさんの国には冒険者はいませんでしたか？　帝都では若者からの人気が最も高い職業ですよ。主に魔物を討伐する職業で、他には生態系の調査、薬草等の採取《さいしゅ》、商団や貴族の護衛などを請《う》け負《お》います。まあ何でも屋と言えば、分かりやすいですかな」

「なるほど」

「……ですが、冒険者には危険が伴《ともな》います。魔物との戦闘が必須《ひっす》の職業ですから、半端《はんぱ》な覚悟や実力では生き残れません。安全で堅実《けんじつ》な職業とは言いがたいですが、それでも、高額な収入が約束された職業ではあります」

そう言い終え、ドルトンは真剣な表情をする。ルノは雰囲気に呑まれつつ尋ねる。

「……へえ。で、でも何で、魔術師が重宝《ちょうほう》されるんですか？」

「魔物との戦闘で最も有効とされるのが魔法だからです。レベルが低い魔術師の砲撃魔法でさえ、ゴブリンやオークを一撃で吹き飛ばせますから」

「おお！」

レベルが低くても魔術師は重用《ちょうよう》される。そう聞いてルノは少し安心する。

それから、明日朝一で冒険者ギルドを訪ねようかなと心に決めた時——ルノはふと、デキンから言われた言葉を思いだした。

やはり、初級魔術師は役に立たないのだろうか。

ルノは恐る恐る尋ねる。

「あの、すみません。最後に一ついいですか？」

「何でしょうか？」

「仮に、仮にですよ？　魔術師は役に立つとしても、レベル1の、それも初級魔術師がいたとしたら、そんな人が冒険者になれると思います？」

「は？　レベル1の……初級魔術師？　ふむ、面白いことを聞かれますな」

「なれます……よね？」

ドルトンの反応に、ルノは冷や汗を流した。

ドルトンは腕を組んで考え込み、やがて首を横に振って口を開く。

「……正直《しょうじき》に言わせてもらいますと、初級魔術師が冒険者になったという話は、聞いたことがありません。この店には、冒険者がよく訪ねてこられるのです。もし、初級魔術師のような珍しい職業の人が冒険者になったのであれば、彼等からその噂《うわさ》を聞けると思います。しかしそんな話、聞いたことありません」

「そうですか。聞いたことがないんですか……」

「ど、どうされたのですか？」

ドルトンの返答にルノは落ち込んでしまい、大きなため息を吐きだす。そんな彼の反応を見て、ドルトンは不思議そうに首を傾げていた。


質屋を後にしたルノは、宿屋の部屋に籠《こ》もり、ベッドに横になった。

明日の朝、冒険者ギルドを訪ねるべきか迷っていたのである。

初級魔術師の冒険者はいない。そう聞かされた時はひどく落ち込んだ。だが、それでも初級魔術師が冒険者になれないとは言われていない。

ルノは自分を鼓舞《こぶ》するように呟く。

「冒険者になれるかはともかく、俺の魔法が魔物に通じるかどうかだよな」

彼は初級魔法に自信を深めていたものの、魔物に通用するのかについて不安を抱いていた。

初級魔法の熟練度を極めたことで、四つの強化スキルまで覚えた。その威力のすごさも目の当たりにした。

しかし、魔物と対峙《たいじ》したこともなければ、魔物相手に使用したこともない。そのため彼は、自分の力がどの程度の存在にまで通じるのか分からなかった。

「実際に魔物と戦ってみるしかないか。レベルも上げてみたいし、外に出るしかないのかな」

帝都の外に広がる草原には、多数の魔物が生息している。魔物を倒すことができれば、経験値を入手し、レベルを上昇させられるだろう。

ちなみに、この世界でレベルを上昇させる方法は、魔物と戦闘すること以外には基本的に存在していない。そのため、戦闘と縁《えん》のない一般人のほとんどはレベル1であった。

帝都の兵士の平均レベルは10から15。将軍クラスだと最低でもレベル40だと言われている。しかし、魔物の討伐を生業《なりわい》とする冒険者の多くはさらに高レベルであり、レベル50を超える者も少なくないという。

「冒険者になるためには試験を受ける必要があるらしいし……レベル1の状態だとまずいよな」

バルトロス帝国では、初級魔術師は最弱職と見下されている。そのため、ルノはこの国で冒険者になれるかどうかさえ不明だ。

それに輪をかけて、現在ルノはレベル1である。このままでは試験さえ受けられないかもしれない。

彼は冒険者ギルドを訪れる前に、魔物と戦ってみようと思い至った。魔物の存在を確かめ、初級魔法がどこまで通じるか確認し、レベルアップに努《つと》めるのである。

身体を起こしたルノは、すぐにでも都市の外に出ることに決めた。

「魔物と魔法……確かめてみるかな」

×　×　×

翌日の早朝、ルノは宿屋の朝食を断《ことわ》って、都市の出入り口である城門に向かう。

帝都は四方を防壁《ぼうへき》で囲まれており、都市の外に出るには東西南北に存在する城門を通過する必要があった。

なお、城壁《じょうへき》の外部には大きな堀《ほり》が掘られている。

堀の底から城壁の天辺までは二十メートルを超え、それを越えられる魔物は地上種の中には存在しないとされていた。

ルノは巨大な城門の前にたどり着く。

城門が閉じていることに気づいたものの、見張りの兵士の姿さえ見えない。ルノはどうすれば良いのか分からず立ち止まってしまう。

「参ったな……外に出るには、どうしたらいいんだろう？　あ、看板がある」

開門――午前７時
閉門――午後９時
　※許可証を所持していない者は通過不可。

城門前の看板を確認し、ルノは開門する時間よりも早く来てしまったことを知る。
看板の下には、許可証について書かれていた。

許可証――銀貨一枚（期限は十日間）
　※延長《えんちょう》の場合は、銅貨五枚で十日間延《の》ばすことが可能。
　※ただし、延長は三回まで。
　※帝国兵、冒険者、傭兵《ようへい》の方は、ギルドカードを提示すれば無料で通過できます。

「許可証を買わないといけないのか」
一部の職業の人は、無料で城門を潜《くぐ》れるようだが、もちろんルノはそうではない。許可証が必要だと判明し、ルノは小袋の中身を確認する。

銀貨一枚は日本円で1万円だが、彼は資金にあまり余裕がない。

ルノは顔を顰《しか》めつつ、周囲を見回す。

それから、誰にも見られていないことを確認すると、足元に意識を集中し『氷塊』を発動した。

「おっとっとっ。これでよしっ‼」

ルノが作り上げたのは、スケボーのような形の氷の塊である。彼はそれに飛び乗り、落ちないように足元を固定すると浮上させる。

ルノは体勢を崩さないように気をつけ、空飛ぶ『氷塊』を防壁に向けて一気に滑《すべ》らせた。

あっという間に、防壁の天辺に上り詰める。

「うわぁっ……すごいなっ」

上から見える光景に、ルノは圧倒された。

草原が延々《えんえん》と広がっているのだ。

ルノは、生まれて初めて地平線が丸いというのを、その目で確認した。だが、こうして感動してもいられない。

即座に防壁を乗り越えると、地上に向けて下降していった。

「落ちないように気をつけて……うわっ⁉」

降下中、『氷塊』に衝撃が走る。

視線を向けると、何者かがルノのことを睨みつけており、石を投げつけていた。

全身が緑色の、人型の生物である。人間とは思えない恐ろしい見た目の、その生物が雄《お》叫《たけ》びを上げている。

ゲームでもお馴染みの、ゴブリンだ。

「ギィイイイッ‼」

ルノが降り立とうとした草原には、ゴブリンが群《む》れを成《な》して待ち受けていた。

彼等は、空を移動するルノに向けて容赦《ようしゃ》なく石を投擲《とうてき》してくる。

「何だっ、こいつ等、うわっ⁉」

「ギィイッ‼」

「ギァアッ‼」

ルノが高度を上げて避《さ》けようとしたところ、ゴブリンの中でも大型の個体が、ゴブリンの子供を放り投げてきた。

飛んできたゴブリンの子供が、ルノの足元の『氷塊』にしがみつく。そのゴブリンの子供は、這《は》い上ってきて彼の足を掴んだ。

「ギィッ‼」

「うわっ⁉　やめろっ……このっ‼」

「グギャッ⁉」

ルノの足首に爪を立てたゴブリンの子供を振り落とすため、ルノは『氷塊』を激しく横回転させた。ゴブリンの子供が回りながら落下していく。

少し目を回しつつ、ルノは地上のゴブリン達に視線を向ける。

ゴブリン達はルノを本気で殺そうとしていた。その殺気は空中からでも感じ取ることができ、ルノの背中に冷や汗が流れた。

「ギギィイイッ‼」

「ギィアッ‼」

「ウギィイッ‼」

「……さすがに怖いな」

石が届かない高度まで上がってきても、ゴブリン達はルノを諦《あきら》めるつもりはないらしい。不気味な鳴き声を上げ、石を握りしめたまま睨みつけてくる。

ルノはその光景を見ながら、魔物が人間にとっていかなる存在なのか、実感を持って分かった。

油断すれば、本当に命を落としかねない……

そういう状況に自分がいることを、ルノは改めて確認する。迂闊《うかつ》に地上に降りれば、ゴブリンに殺されるのは間違いないだろう。

ルノは覚悟を決めて、ゴブリン達と戦うことを決意する。

「よし、いくぞ‼」

「ギィッ⁉」

最初にルノが標的に定めたのは、自分に向けて子供のゴブリンを放り投げてきた大柄のゴブリンである。

彼は手のひらを前に構えて『火球』を発動する。そうして十個ほど生みだした『火球』を一気に放つ。

「はあああっ‼」

「グギャアアッ……⁉」

「ッ……⁉」

複数の『火球』が、一番体格の大きいゴブリンを直撃する。

一つひとつの『火球』の威力は弱くても、連続で浴びれば大きなダメージとなる。

無数の『火球』を受け続けた巨体のゴブリンは爆炎《ばくえん》に呑み込まれた。

やがて、巨体のゴブリンは丸焦《まるこ》げになり、苦悶《くもん》の表情を浮かべて倒れる。その光景を見て、周囲のゴブリン達は動揺しだした。

「やった‼ 倒した‼」

ルノは初めて魔物を倒した。

歓喜《かんき》の声を上げる彼だったが、すぐに冷静さを取り戻す。残りのゴブリンは狼狽《うろた》えていつつも、まだ殺気を漂《ただよ》わせている。

「……なんて、喜んでいる場合じゃないな」

「ギイイイッ‼」

「ギィイイッ‼」

ルノが地上に接近すると、ゴブリン達は握りしめていた石を投擲してくる。

即座にルノは手のひらを前に出して、『氷塊』の魔法を発動する。生みだしたのは、氷の盾である。

「これなら痛くないぞっ‼」

「ギイアッ……⁉」

ルノは、手のひらの前に出現させた四角形の氷の塊で、ゴブリン達が投げてくる石を防ぎつつ、地上へ降下する。

石が衝突《しょうとつ》するたびに、軽い振動が氷の盾に走る。氷製とはいえ盾が破壊される様子はない。

彼は一気に地上から二メートルの位置までやってくる。

「『火球』‼」

ルノが複数の『火球』を生みだしたのを目撃したゴブリン達は、先ほどの恐怖から、散り散りに逃げだす。

ルノは、逃げ去るゴブリンを目で追いかけつつ、冷静に自分の前方を走る二体に狙《ねら》いを定める。そして『火球』を放った。

「「ギャアアッ⁉」」

背後から『火球』を受けた二体が吹き飛んだ。

すぐさまルノは背後を振り返る。ゴブリンの一体が自分に向けて石を投げようとして、腕を振り上げていた。

「ギィアッ‼」

「甘いっ‼」

ルノは『氷塊』の盾を構えると、ゴブリンが投げた石を弾《はじ》き返した。そのゴブリンまではいくらか距離がある。

今度は『火球』ではなく、合成魔術を試すことにした。

「『白雷』‼」

「グギィイイイッ⁉」

「ギィイッ……⁉」

魔法名を発した瞬間、ルノの右手に白い電流が迸《ほとばし》る。彼はゴブリンに向けて、槍を投げるように腕を振った。

直後、白い雷が放たれ、ゴブリンの身体を直撃する。

ゴブリンはその場に倒れた。白い電流はしばらく死体に帯電していた。

『電撃』の魔法では、自分の肉体に電流を帯びさせる程度だったが、『白雷』は本物の雷のように電気を遠くに飛ばせるらしい。

ルノは興奮気味《こうふんぎみ》に呟く。

「これは便利だな……『白雷』『白雷』『白雷』‼」

彼は続けざまに、残りのゴブリンに向けて『白雷』を連発する。

「グギャアアアッ⁉」

「ギヒィッ⁉」

「ギィアアアッ⁉」

数秒後には、黒焦げのゴブリンの死体の山が築《きず》かれていた。

合成魔術は通常の魔法よりも魔力消費量が大きい。合成魔術を連発していたことで、彼は額《ひたい》から汗を流していた。

ようやくルノは『氷塊』の乗り物から降り、地面に足をつけることに成功する。

「ふうっ……何とかなったな。これが魔物なのか……」

ルノは、自分の目の前で倒れているゴブリンの死骸《しがい》に視線を向ける。そうして彼は、自分が今生きていることを強く実感した。

またその一方で彼は、初級魔法の秘められた性能に感激《かんげき》していた。

「『白雷』はすごく便利だな……これだけで十分に戦える」

手のひらに白い電流を纏わせながら、ルノは拳を握りしめる。

雷属性と聖属性の特徴《とくちょう》を持つ『白雷』は攻撃速度が速いだけでなく、射程範囲が広く遠距離攻撃が可能だ。敵の身体に当てれば、さっきのゴブリン達のように即死させられなくてもしばらく帯電し、麻痺させることができる。

ルノはいったん力を抜くと、ステータス画面を開いた。

「あ、合成魔術の場合だと、二つの属性の熟練度が上がるのか」

雷属性と聖属性の熟練度が上昇していた。雷属性と聖属性ともに、あと少しで限界値を迎えそうだった。

画面を閉じてふと周囲に目をやると、ゴブリンの死骸の中から、宝石のように光り輝く物体を発見する。

「何だこれ？」

緑色に光り輝く、水晶のような綺麗な石だ。

ルノはそれを恐る恐る拾い上げる。触れても問題はなさそうで、すべてのゴブリンの死骸に存在しているようだった。不思議に思った彼は、念のため全部回収した。

「今日はもう戻るか。兵士に見つかるとまずいし、あまり派手《はで》なことはしないほうがいいよね」

こうしてルノは、確かな手応えを感じつつ帝都に帰還《きかん》した。

帝都に戻った後、ルノは黒猫旅館で朝食を取った。

その後、魔物から回収した水晶が何なのか確かめるため、ドルトンの質屋に向かう。値打ち物なら彼に買い取ってもらおうと考えたのだ。

ドルトンはルノが持ってきた水晶を手に取ると、説明してくれる。

「これは経験石《けいけんせき》ですな。ふむ、大きさと色合いから察するに、ゴブリンの経験石ですかね」

「経験石……？」

「おや、ルノ殿は経験石を知らないのですか？」

「す、すみません……常識知らずなもので」

ルノはそう言って、申し訳なさそうに頭を下げる。

「いえいえ。一般の方は知らなくてもおかしくはありません。経験石とは、経験値を蓄《たくわ》えた魔石とでも言えば分かりやすいですかな」

「魔石……」

ドルトンは一息つくと、解説を続ける。

「通常、レベルを上げるには魔物と戦う必要があります。当然ながらその場合、自分の身が危険に晒《さら》されることになります。なので、私のように戦闘向きの職業ではない者は、経験石を利用してレベル上げをするということがあるのですよ」

ドルトンによると、すべての魔物はこの経験石を体内に秘めているとのことだった。

この魔石は魔物にとって、心臓のような役割を持つらしい。魔石を破壊された、あるいは奪われた魔物は、確実に絶命《ぜつめい》してしまうようだ。

ちなみに、冒険者は魔物の死骸からこの経験石を取りだし、自分の所属している冒険者ギルドにて換金している。

「経験石を破壊すると経験値が得られます。破壊した者にしか経験値は入りませんがね。ともかく、当店にとっても非常にありがたい代物ですな」

「え？　ということは……」

「もちろん買い取らせていただきましょう。私には必要はありませんが、この経験石を欲しがる人は少なくないので……そうですね、ゴブリンの経験石ならば一つ銅貨一枚でいかがでしょうか」

「え、銅貨一枚？」

宝石のように美しいので、もっと高く買い取ってくれるかと予想していたルノは、拍子《ひょうし》抜《ぬ》けしてしまった。銅貨一枚といえば、日本円で１０００円にしかならない。

　ドルトンは、ルノの表情から察して説明する。

「ゴブリンは魔物の中で一番危険度が低いんです。なので、これ以上の値段はさすがに払えません。危険度の高い魔物の経験石なら、高価で買い取らせていただくのですが」

「あ、構いません。換金をお願いします」

　ルノが慌てて言うと、ドルトンは笑みを浮かべた。

「それでは八つなので、銅貨八枚になります。お受け取りください」

　こうして、ルノは銅貨八枚を手に入れた。一度の外出で、日本円にして８０００円手に入れたことになる。これだけあれば一日の宿代と食事代を賄える。彼は冒険者の職業に就かずとも、生活費を稼ぐ方法を手に入れた。

「まさか、こんな方法でお金が手に入るなんて。それはともかく、俺の魔法も魔物に通じることが証明されたな」

　ルノはドルトンから渡された銅貨を握りしめ、質屋を後にした。

　ゴブリンとの戦闘で、初級魔法が実戦で使えることが分かった。それどころか、合成魔術を駆使《くし》すればさらに戦術が広がることまで判明した。

　ひとまずルノは、今後の戦闘でも『白雷』に頼《たよ》ることを決めた。

　ルノは街道を進みながら一人呟く。

「……だけど、合成魔術は魔力をかなり消費する。普通の『火球』でもゴブリンくらいなら倒せるけど、『白雷』のほうが確実だからな。あ、でも、そればかりに頼るのも危険か……初級魔法の他の使い方を探してみるか」

雷属性と聖属性に耐性を持つ魔物が現れた場合はどうしたらいいのだろう。そう思いついたルノは、他の合成魔術についても考えておくことにした。

「……風属性と火属性なら相性がいいかもしれない。風の力を火が吸収して、威力を上昇させたりとかできるかもな。後で試してみるか」

火属性の魔法に風属性の力を加えれば、火属性が強化されるのではないか。

キャンプで焚火《たきび》をした際、息を吹きかけることで火力を強められたことを、ルノは思いだしたのだ。

「他には、『氷塊』の魔法をもう少し上手く使えないかな。今でも移動には便利だけど、空を飛んでる時に攻撃されるのは困るし……」

『氷塊』は、ルノの意思で自由に操作できる。

空中に浮揚させたり、高速で移動させせたりできるのだ。ちなみに、時速八十キロ程度の速度を引きだすことまではできていた。

（形状にもよるだろうけど、『氷塊』は回転を加えると速度が増すかもな。それで、弾丸みたいに撃ち込めたらすごそうだ）

ルノはいろいろと考えながら街道を歩いていた。

　やがて、城門の方角に移動していることに気づく。

　現在の時間帯は城門が開かれ、帝都に入る人で溢《あふ》れていた。多くは観光客で、中には商団の馬車もあった。

　商団の馬車が城門の前で立ち止まっている。どうやら揉《も》めているらしい。

「おい、何だこの許可証とは⁉　前に来た時はこんなのなかったじゃないか」

「うるさい、文句を言うなら中に入るな‼　許可証の代金は人数分支払ってもらうからな。嫌なら出ていけっ‼」

「出ていけだと⁉　魔物が出る草原に放りだす気かっ。こっちは命懸《いのちが》けでここまで来たんだぞ」

「これが現在の帝国の法律だ。近々、召喚された勇者様のために、歓迎の宴《うたげ》が行われるのだ。帝国は魔王軍を倒すため、そして召喚された勇者様の支援のため、税金制度を見直しているのだ」

「くそっ。護衛の分まで支払わないといけないのか……」

　ルノが様子を窺《うかが》っていると、帝都に入るために許可証の提示を求められた商人が、兵士に抗議《こうぎ》しているのが分かった。

　許可証という制度はごく最近に作られたようだ。

　商人の男はしばらく文句を言っていたが、結局、彼は自分の商団の人数分と護衛役として雇《やと》った人間達の分まで支払った。

「ほら、これでいいんだろ」

「分かればいいんだ。おっと、言っておくが、許可証の期限は十日間までだぞ？　期限が切れたら新しく買い直すか、あるいは延長料金を支払うんだな。延長の場合は、期限切れから十日以内でないと認められないぞ」

「な、何だと。俺達は一か月に一度しか訪れないんだぞ⁉　そのたびに許可証の代金を支払えというのか⁉」

「当たり前だ。本来ならば、帝都で商業を行うために訪れた商人の場合は、帝都の販売許可証を購入してもらう。こちらは金貨十枚だが、期限は一年間だ。この帝都の商業ギルドで手続きを行うように」

「くそ、販売許可証まで値上がりしたのか。しかも金貨十枚だと⁉　例年の倍じゃないか……」

商人は悔しげな表情を浮かべながらも、兵士に逆らうことはできない。結局、そのまま門を通過していく。

その光景を見ていたルノは微妙《びみょう》な気分になった。

自分は許可証を購入せずに通過している。そのことを他の人に知られたら、非常にまずい事態に陥るのではないだろうか。それに、不正をしているようで申し訳ない。

許可証を購入して門を通過しようと決め、ルノは門番の兵士に話しかける。

「あの、すみません……許可証が欲しいんですけど、こちらで購入できるんですか？」

「何？　お前はこの帝都の住民か？」

「え、いや……」

兵士は、ルノの格好を見て訝《いぶか》しげな表情を浮かべた。

「通行許可証は、帝都の外に出る者だけに販売している。外に出る者は魔物の対策を行っているはずだが……貴様は武器も防具も装備していないではないか」

兵士に睨まれ、ルノは慌てて答える。

「ええ？　許可証だけ購入したいんですけど」

「ふん、まあいいか。それならば銀貨一枚だが……いや待て。その外見、貴様は旅人か？」

「え？」

「ならば、再発行料金を支払ってもらう。銀貨二枚だ」

「えっ⁉」

兵士はルノを見て、帝国では珍しい黒髪だと気づいた。そして彼を旅人だと決めつけると、再発行代を上乗《うわの》せして、通常の倍の料金を請求してきた。

予想外の言葉にルノは驚愕《きょうがく》する。兵士は意地の悪い笑みを浮かべながら、料金の説明をする。

「旅人ならば、帝都に入った時に通過許可証を購入したはずだ。紛失の場合は、再発行料金が倍になる。ちなみに、二度目の紛失はさらに倍の料金を支払ってもらうぞ。おっと、知り合いに頼んで許可証だけを手に入れようとは考えるなよ？　不正が発覚したら二度と許可証は発行しないからな‼」

「分かりました。払います」

ルノは渋々《しぶしぶ》銀貨二枚を手渡す。

兵士の説明が真実なのか疑《うたが》いながらも、ルノは許可証を受け取った。

車の免許証のような物かと想像していたが、実際に手渡されたのは、剣と槍が重《かさ》なり合ったデザインの帝国の紋章《もんしょう》が刻まれた、水晶製のペンダントだった。

「これが許可証だ。裏に期限が書いてある。さあ、とっとと行けっ。俺は忙しいんだ」

「………………」

兵士の態度があまりに横柄《おうへい》なので、ルノは唖然としつつも黙って立ち去る。

ともかくこれで、正式に外へ出られるようになった。

ルノはふとさっきのやり取りを思いだす。兵士の反応から考えて、武具や防具を装備しない状態で外に赴《おもむ》くのは怪しまれるらしい。

彼は仕方なく、あまり必要性を感じられないながらも、武器と防具の購入を考える。

「今のままでも十分だと思うけど、一応買い揃《そろ》えるかな。確かドルトンさんの話だと、魔術師の杖や魔法を強化する魔道具はすごく高いんだっけ？」

ルノは何の道具も使用せず、自分の魔力だけで魔法を行使している。しかし普通の魔術師は、魔法を強化させる杖と、魔石と呼ばれる魔道具を使用しているらしい。

より正確に言えば、杖に取り付けた魔石と呼ばれる魔力の力を宿した宝石を利用して、魔法の効果を高めているのだ。それらの値段は非常に高いが、その分、強力な魔法の強化を行えるという。

だが、現在のルノの資金ではどちらも購入は難しい。仕方ないので、彼は防具だけでも整えるため武器屋を探すことにした。

「本当にゲームみたいな世界だよな……うわ、すごい格好のお姉さんだ」

現実世界ではありえない露出度《ろしゅつど》の女性がルノの前を通り過ぎる。

かなりの美人で露出度がすごいのに、誰も反応しない。そんな光景に違和感を覚えながらも、ルノは通りを進んだ。

道行く人々の中には、武器を常備《じょうび》している人も多い。そんなわけで武器を取り扱う店が存在するのは確かだろうが……その場所までは分からなかった。

ルノは道行く人々に尋ねることにする。

「あ、すみません。この近くで防具を売っている店を知りませんか？」

「防具？　それならあんたの目の前の店で売ってるよ」

「目の前の店って……え？」

ルノは男性が指さしたほうに視線を向けて驚いた。

そこには、見覚えのある看板を掲げた建物があったのだ。彼はいつの間にか、道を引き返していたらしい。

その店でルノを迎えたのは、いつものドルトンである。

「おや、いらっしゃいませ。何かお忘れ物ですか？」

「どうも……あの、この店は防具とか売ってるんですか？」

「ええ、こちらのほうにございますが」

何度も訪ねた建物にもかかわらず、ルノは今初めて、武具や防具を販売していることを知った。もはや質屋というより別の店のように感じる。

ドルトンの説明を受けて、店内に視線を向ける。

壁際《かべぎわ》に立てかけられた人形には、鉄や革の鎧《よろい》が取り付けられていた。その他にも、様々な種類の盾などが並んでいる。

それらを確認しながら自分のサイズに合う物を探していると、ドルトンが後方から話しかけてくる。

「ルノさんのサイズに合うとしたら、こちらの品が良いと思いますよ。少々値段は張りますが……」

「これは、鎖帷子《くさりかたびら》ですか？」

「銀とミスリルの合金で作られています。耐久性が高く、衝撃に強いですよ」

「へぇ……」

ドルトンが勧《すす》めてきたのは、銀色に輝く鎖帷子である。値札には、銀貨十枚と書かれていた。

ルノが今銀貨十枚を払えば、所持金の半分を失うことになる。しかし、今後の魔物との戦闘を考えれば、決して高い買い物ではない。

いろいろ悩んだものの、ルノは鎖帷子を買うことにした。

さっそくルノは鎖帷子を装備する。しかし、予想以上の重量に身体がよろめいてしまった。

「うわっ……け、結構重いんですね」

「まあ、本来は戦闘職の方の装備ですから……その分、性能は保証しますよ」

魔物を倒したことで、レベルが上昇して身体能力も上昇しているが、それでも現在の彼の筋力では身に着けて行動するのは難しそうだ。

ドルトンがルノを心配して言う。

「やはり他の防具にしますか？　こちらの革の鎧ならば、軽くて動きやすいと思いますが」

「いえ、これで結構です……身体を鍛《きた》える必要もありますから」

「そうですか」

「あと、できれば武器も欲しいんですけど……この店に、魔術師が扱う杖とかはありますか?」

「うーむ、申し訳ありませんが、私の店では盗賊《シーフ》の職業の方が扱う短剣程度しか販売していません」

「じゃあ、その一番安いのを買います」

「では、銅貨五枚になります。ナイフを収めるベルトも一応はありますが、こちらを含めると銅貨八枚になります」

「……両方、お願いします」

結局、ルノは手持ち資金の半分以上を、武具の購入で使ってしまった。

彼はドルトンの質屋を後にする。

鎖帷子を装着した状態では走るのも難しい。それでも魔物を狩《か》り続ければレベルが上昇して、装着したままでも自由に動けるほどの筋力がつくはず。そう信じて彼は、重い装備を纏ったまま宿屋に戻るのだった。

「そういえば、佐藤君達はどうしているかな……無事だといいんだけど」

王城にいるはずの、勇者と認められた同級生達。

彼等のことをふと思いだしたルノは、城の方角に視線を向けた。そして、彼等が無事なことを祈るのだった。

×　×　×

時は、帝都の王城で勇者召喚が行われた日に遡《さかのぼ》る。

異世界から召喚された勇者四人は、強制的に王城の訓練場に連行された。

男である野球部の佐藤と不良の加藤は剣の稽古《けいこ》をさせられ、女であるクラスのアイドルの花山と委員長の鈴木は、女将軍から魔法の扱い方を教わっている。

「ほらほら、そんなへっぴり腰ではすぐにやられてしまいますよ」

剣を構えた男の将軍が、不慣れな剣を振り回す加藤と佐藤を馬鹿にするように言う。ちなみに剣は、訓練用の物で刃引きされていた。

「く、くそっ、何で当たらねえんだ」

「落ち着け、加藤」

剣の扱いに慣れた将軍と剣の素人《しろうと》である二人の力量差はあまりにも大きかった。二人は将軍の剣に当てることさえできない。

イライラを募《つの》らせ、加藤が声を上げる。

「どうしてこんなこと、しなくちゃいけないんだ‼」

「それは貴方達が勇者だからです。世界を救うため、ここでしっかりと訓練を積《つ》んでもらわなければ困りますからね」

「ふざけんなっ‼　そもそもどうして俺達がお前等なんかのために！」

加藤が剣を捨てて、将軍に殴りかかろうとする。そこへ、佐藤が止めに入った。佐藤は加藤に小声で告げる。

「俺達がここで反抗的な態度を取れば、他の二人も危ないんだぞ……今は我慢《がまん》しろ」

「だけどよ……こいつ等、何で俺達の話を聞かねえんだよ」

「加藤の気持ちは分かる……だけど、今はだめだ」

「くそがっ」

加藤はそう吐き捨てると、渋々と剣を拾い上げた。そして苛立《いらだ》ちを晴らすように、剣を力任《まか》せに振り回して将軍に当てようとする。

佐藤も実際のところ、苛立ちを感じていた。

勝手にこのような世界に召喚し、乱暴に訓練させ続けている。しかしこの状況で逆らえば、自分達の身が危ないだろう。

佐藤は怒りを抑え、加藤が将軍に斬りかかっている間に、自分のステータスを見る。

「異能」
・転移——一日に一度だけ自分の知る場所に転移できる。他の人間も同時に転移可能。

佐藤は自分がこの異能を持っていると確認した時、ある考えを抱いた。

隙《すき》を見つけてこの「転移」を使い、自分の知る場所へ帰ろうと思ったのだ。

しかし、それが成功するのか疑問であり、そもそも説明文には異能の使用法が書き込まれていなかった。

佐藤が考え込んでいると、加藤の声が耳に入る。

「うわぁっ⁉」

「おっと、大丈夫ですか？　しかし、まだまだ足腰が弱いですな」

「な、何だ……どうしてこんなに身体が重いんだ⁉」

「それは、勇者殿のレベルが低いからですな。まあ、今は身体を鍛えて戦闘技術を覚えましょう。そのうち、経験石を利用してレベルを上げれば改善されるでしょうから」

「訳分かんねえことを……‼」

加藤は、自分の身体の重さを不思議に思っていた。少し動いただけで体力を異様に消耗するのだ。地球にいた時のように、自由に身体を動かすことができない。それは将軍が言うように、彼のレベルが1であることに起因していたのだったが……

一方その頃、加藤達の近くでは、花山、鈴木が魔法の指導を受けていた。男達とは違い、こちらの訓練は優しいものだった。

「勇者様、まずは杖をお持ちください。あまり深くは考えず、自分のステータスに映しだされている魔法の名前を口にしてくださいね」

「そ、そんなことを言われても……」

「大丈夫です。何があろうと私達が勇者様を守ります」

「……本当ね？　な、なら、私からやるわ」

花山と鈴木は、女将軍の優しい指示に従って杖を取る。二人が杖を握りしめ、指示通りに魔法を発動しようとした瞬間――

「ぎゃぁぁあああああああああっ‼」

加藤の絶叫《ぜっきょう》が響き渡った。

「加藤⁉」

「加藤君⁉」

「どうしたの⁉」

佐藤、花山、鈴木は驚いて、悲鳴が上がったほうへ視線を向ける。

そこには、地面に横たわる加藤の姿があった。

彼は右腕を押さえて呻《うめ》き声を上げている。加藤の側には、将軍の男が訓練用の剣を握りしめたまま頭を掻いていた。

幼馴染達は即座に加藤のもとへ駆け寄る。

「大丈夫か、加藤⁉」

「血が出ているじゃない‼」

「ぐぅう っ……あ、あの野郎……ぐああっ⁉」

腕を押さえたまま呻き続ける加藤に、花山が声をかける。

「加藤君‼」

「おい、誰か回復薬を持ってこい‼　まったく……この程度の攻撃で骨が折れるとは……」

平然とそう言い放つ将軍に、佐藤が怒りの声を上げる。

「ふざけるなぁっ‼　僕達がいったい何をしたっていうんだ‼　こんな場所に呼びだして、戦いたくもないのに無理やり訓練を受けさせて、僕の友達を傷つけて‼　いったい何様のつもりだ‼」

佐藤の言葉に、将軍は眉を顰《ひそ》めた。そして落ち着いた口調で言う。

「お、落ち着いてください、勇者殿。その程度の傷ならば回復薬で……」

「うるさい‼　骨が折れてるんだぞ‼　これは訓練じゃなかったのか‼」

「それは力加減を誤《あやま》って……」

「一言も謝りもしないのかっ‼」

将軍は、自分の行動が問題だとは認識していなかった。

訓練の際に怪我《けが》をすることは珍しいことではない。むしろ、レベル1に合わせて手加減するほうが難しい。

それに、この世界には回復薬が存在し、それを使用すれば骨折程度の傷ならば一瞬で治《ち》療《りょう》できる。

だが、そんなことなど知る由《よし》もない佐藤はただ激昂《げきこう》していた。そして彼は幼馴染の三人の身体を抱き寄せると、無我夢中《むがむちゅう》で叫ぶ。

「異能‼　転移‼」

しかし何も起きず、沈黙《ちんもく》が辺りを包む。

「なっ⁉」

「えっ⁉」

「さ、佐藤……⁉」

「いったい何を……⁉」

「くそ、何も起きない……転移‼　転移‼」

佐藤は必死に叫ぶが、やはり何も起こらない。発動に失敗したのかと思ったが……彼の視界に画面が映し出される。

転移先を想像してください

その文章を読み取った瞬間、佐藤は即座に学校の教室を思い浮かべた。そして、もう一度大声で自分の異能を口にした。

「――転移‼」

次の瞬間、佐藤達の足元に魔法陣が浮かび上がる。

その光景に、将軍は目を見開いている。魔法陣は、彼等をこの世界に召喚する時に現れた魔法陣で間違いなかった。

将軍が声を上げる。

「ま、待て‼　おい、誰か止めろ‼」

佐藤が、幼馴染達を強く抱き寄せる。

「皆‼　僕から離れるな‼」

「うわっ⁉」

「きゃっ⁉」

「わああっ⁉」

魔法陣が光り輝きだし、佐藤は三人のうちの誰も手放さないように力強く抱きしめる。

将軍は慌てて手を伸ばしたが――

魔法陣から放たれる光に四人の肉体は呑み込まれた。


光が収まり、佐藤達の視界が回復する。

そこは、見慣れた教室だった。

彼等は教室の床の上に転《ころ》がっていた。何が起きたのか、四人が理解するのに多少の時間がかかった。

やがて、自分達が元の世界に戻ったことを知る。

「こ、ここは……」

「教室だよ‼　私達の教室よ‼」

「え？　戻ってきたの⁉」

「マジかよ……やった‼　やった……ぐああっ⁉」

「馬鹿‼　動くな‼」

四人は感動を表すが、腕を負傷《ふしょう》していた加藤は悲鳴を上げる。佐藤が加藤を押さえつけた。四人は元の世界に戻れたことに安堵の息を吐きだす。

佐藤は涙ぐみながら口にする。

「良かった、全員戻ることができたんだな」

「そうね。まさかこんなに早く戻れるなんて……」

「魔法を使ってみたかったけど、やっぱりこっちの世界のほうが安心するね」

四人は感動を分かち合いながら、自分達が戻ってこられたことを実感する。誰一人欠けずに、元の世界に戻ってこられたのだ。

「お、おい……いいから早く病院に連れていってくれ」

「いや、まずは保健室に向かおう。ほら、肩を貸すよ」

加藤を佐藤が支え、保健室に連れていくため教室を去る際——花山はなぜか一度振り返って首を傾げる。

「あれ？」

鈴木が、立ち止まったままの花山に声をかける。

「どうかしたの？」

「あ、ううん……私達、帰ってきたんだよね？」

「そうよ。元の世界に戻ってきたのよ」

「う～んっ……その、何ていうか、私達がこの教室から召喚された時、誰かと話していなかったっけ？」

「え？」

「そういえば……でも、誰だったのかしら？」

加藤が痛みに顔を歪めながら言う。

「さあな……どうでもいいだろ。早く行こうぜ」

「……そうだな」

佐藤も違和感を覚えていたが――

こうして彼等は、加藤を保健室の先生に診《み》てもらうため、揃って移動するのだった。

5

翌日の朝。ルノは開門時間ちょうどに城門を訪れ、許可証を兵士に見せた。

今回ルノは鎖帷子に短剣を装備している。以前と違ってそこそこちゃんとした冒険者に見えるはずだ。

兵士はルノの姿をじろじろ見つつ口を開いた。

「まあ、その格好なら通っていいか。一応忠告しておくが、許可証を紛失した場合は有料で再発行することになる。お前の顔は覚えたからな、初めて訪れたなんて言って俺を騙《だま》せるとは思うなよ」

ルノは呆れたように返答する。

「そんなことしませんよ……疑《うたぐ》り深いな」

「ん？　何か言ったか？」

「もういいでしょ。通りますよ」

相変わらず態度が失礼な兵士の横を過ぎ、ルノは城門を通り抜けた。さすがに城門の近くでは、魔物の姿は見当たらない。

彼は一気に移動するため、足元に意識を集中させて『氷塊』を発動させる。

「よっと」

生みだしたのは、人が一人乗れるほどの氷の板である。

ルノは宙を浮く氷の板を操作して、草原を気持ち良さそうに疾走《しっそう》する。

帝都を訪れようとした人達の列が、空飛ぶ彼を見て驚きの声を上げている。ルノはそんなことには気づかずに草原を飛んでいく。

「帝都から離れすぎるのは危険だよな。ドルトンさんも、遠くのほうは強力な魔物が出没するって言ってたし。今日は近くのゴブリンだけ狩るかな」

ルノはそう呟くと、氷の板をさらに空高く上昇させる。

上空から、周囲の様子を窺《うかが》う。

念のため、いつでも『白雷』を発動できる準備はしておき、ゴブリンがいないか探していると、さっそくそれらしき影を見つけた。

「あっ、いた！」

緑色の皮膚《ひふ》をしているのでゴブリンに違いない。ルノはそう思って、地上に降りようとしたが、どうも違和感がある。

「いや、何かちょっと違うな？」

ゴブリンには違いないのだが、昨日の個体よりも背丈が大きく、何より革鎧と石斧を装備しているのだ。鎧は人間の物だと思われるが、石斧は自分で作ったようだった。

昨日のゴブリンは、石を投擲するだけの知能しか持ち合わせていなかったが、このゴブリンからはそれ以上の知性が感じられる。

相手はまだルノに気づいていない。ルノは自分から仕掛けるべきか悩む。

「昨日の奴等よりも、明らかに手ごわそうだな。だけどこいつを倒せたら、レベルが上がるかもしれない」

実は、現在のルノのレベルは2になっている。昨日、ゴブリンとの戦闘を経《へ》たことでレベルが上がったのだ。

ルノは上空から武装ゴブリンに攻撃を仕掛けることにした。

「『白雷』‼」

「ギィッ⁉」

武装ゴブリンは、頭上からのルノの声に反応して顔を向けるが、ルノはすでに右手を突きだして白い雷を繰りだしていた。

身を守るべく棍棒《こんぼう》を構えるゴブリン。だが、それが避雷針《ひらいしん》の役割を果たすことになった。

掲げた棍棒に、『白雷』が勢いよく降り注ぐ。

「グギィイイイッ⁉」

「うわっ……」

ゴブリンは悲鳴を上げ、そのまま地面に倒れた。そうして伏したまま激しく痙攣《けいれん》している。

ルノは氷の板を降下させると、ゴブリンの様子を観察する。ゴブリンは『白雷』によって全身が麻痺し、動けなくなっているようだった。

「グガァッ……⁉」

「……『火球』」

ゴブリンがまだ死んでいないのを確認したルノは、止《とど》めを刺すため『火球』を唱える。

複数の炎の球体が、横たわったままのゴブリンに容赦なく襲いかかる。

「グギャアアアアッ⁉」

電流を帯びたゴブリンに『火球』が衝突した瞬間、大きな爆発が起こった。

今度こそ、ゴブリンは動かなくなる。

ルノは、焼け焦げてしまった革鎧と石斧を見て、少しもったいないことをしたと思った。

しかしすぐに気持ちを切り替え、経験石の回収に取りかかる。

「確か経験石は、胸のあたりにあるんだよな。でも、鎧を脱《ぬ》がせないとだめか」

経験石を探そうにも焦げた鎧が邪魔《じゃま》で取れなかった。それだけでなく、鎧は高熱を帯びており、触れることさえできそうにない。

そこでふと、彼は思いついた。

「あ、そうだ。あの方法なら上手くいくかも」

ルノは手のひらを前に出し、『氷塊』を発動して氷の長剣を生みだした。それから刃を超振動させ、ゴブリンの胸元に向ける。

「せいっ‼」

死体を切り裂くことに良心が痛んだものの、この世界を生きるためには仕方ない。そう思ってルノは、氷の刃を突き入れた。

振動する氷の刃は硬い革鎧をあっさりと貫通し、一気にゴブリンの肉体に到達する。あまりの抵抗のなさに驚いたルノは慌てて剣を引き抜く。

「うわ、びっくりした‼　全然手応えがなかった……」

感触《かんしょく》としては、豆腐《とうふ》のような柔らかい物を切った程度しかなかった。ルノは胸元が切り裂かれたゴブリンの死骸を確認すると、心臓の部分に緑色に光り輝く経験石を発見する。

経験石は先ほどの氷塊の刃には触れておらず、傷一つ付いていなかった。昨日回収した経験石よりも一回りは大きく感じられる。

恐る恐る拾い上げると、その重さは昨日の経験石の何倍もあった。

「昨日のゴブリンよりも大きいな……うわ、レベルが4に上がってる。本当はすごく強かったのかも」

ステータス画面を見ると、レベルが一気に上がっていた。昨日のゴブリンよりも随分と高い経験値を入手していたようだ。

それからルノは他に回収できる物がないかを調べる。

「う～んっ、この鎧は使い物になりそうにないな。武器は必要ないし……」

ゴブリンの装備品で役立ちそうな物はなく、次の標的の捜索《そうさく》を開始しようとした時――

彼の足元に矢が飛んできた。

「うわっ⁉」

「ギギィッ‼」

「グギィッ‼」

危《あや》うく足を射《い》られるところだった。ルノは驚いて振り返る。

そこにいたのは、人の装備を着けたゴブリン二体。二体とも手に狩ったらしき兎《うさぎ》を下げている。二体のゴブリンはルノの側で横たわる死骸を見ると、憤怒《ふんぬ》の表情を浮かべた。

「ギィイイイイッ‼」

「ギィアッ‼」

片方は弓を構えて矢を放ち、もう片方はロングソードを振って突進してくる。ルノは咄嗟に手のひらをつけ『土塊』を唱える。

「ギャウッ⁉」

「ギィッ⁉」

落とし穴を作るのと同時に、自分の前に土壁を形成した。すると、ロングソードを持って襲ってきたゴブリンは落とし穴に落ち、後方から放たれた矢は土壁に遮《さえぎ》られた。

二体の攻撃を防いだルノは、今度は反撃すべく、『火球』と『風圧』を発動する。

『火球』の前に手のひらを翳《かざ》した状態で、三日月の形『風圧』を生みだす。その瞬間、風の刃が炎を吸収し、火炎の刃と化した。

ルノの視界に新しく修得した合成魔術の画面が表示される。

《合成魔術『炎刃《えんじん》』を修得しました》

ルノは、後方でさらに矢を番《つが》えようとするゴブリンに狙いを定めた。

「これで、どうだ‼」

「ギィイッ⁉」

火炎の刃が直撃すると、ゴブリンは勢いよく燃え上がる。

続けてルノは、落とし穴に向かって走る。穴から抜けだそうと足掻《あが》いていたゴブリンが動揺を見せた。

ルノは手のひらを構え、容赦なく魔法を撃ち込む。

「『火球』‼」

「ギャアアアアッ⁉」

放たれた複数の『火球』によって落とし穴の中で断続的《だんぞくてき》に爆発が起こり、ゴブリンを絶命させる。

舞い上がる黒煙を眺めつつ、ルノは額の汗を拭《ぬぐ》う。

「ふうっ、何とかなったけど……あ、強化スキルを使えば良かったかも」

ゴブリンを殲滅《せんめつ》し終えた今になって、強化スキルを発動していなかったことに気づく。

ルノはそれからいろいろ考えた末、火属性の『灼熱』、水属性の『絶対零度』、土属性の『重力』を発動しておくことにした。

「強化スキルは魔力を消費するけど、威力はすごいからな……でも、まだ取れていない魔法もあるし、早めに修得しないと」

ルノが修得している強化スキルは、風属性、火属性、水属性、土属性の四つ。雷属性、光属性、闇属性の強化スキルは覚えていない。これまでの傾向からして、熟練度を限界値まで上げれば強化スキルが発現すると思って間違いないだろう。

そう考えたルノは現時点の熟練度を確認するため、ステータス画面を開く。

「あ、『電撃』がもう少しで限界値を迎えそう。『白雷』をよく使っていたからかな?」

どうやら一人で魔法の鍛錬《たんれん》をするより、魔物を倒したほうが圧倒的に効率が良いようだ。戦闘で多用していた雷属性の熟練度は、すでに9を迎えていた。

ルノはそのまま移動しようとしたが……何か忘れていることに気づく。

「おっと、経験石は回収しておかないと」

魔物との戦闘にもだいぶ慣れてきたのか、魔物の死体を見ても特に何も感じなくなってきていた。

ルノはゴブリンの死体の胸を、サクサクと切り開いていくと、慣れた手つきで経験石を合計三つ回収した。

昨日の小型のゴブリンの物と比べると、どれも一回りほど大きかった。

「そろそろゴブリン以外の魔物を狩ってみたいな」

ゴブリンは魔物の中でも弱い種族で、その経験石は安価でしか取引されない。

自信をつけてきたルノは、ゴブリン以外の種に遭遇しないかなと思いつつ移動するのだった。

×　×　×

ルノが草原にやってきてから一時間経った。

二十体目のゴブリンに遭遇した彼は、止めを刺すために両手を構える。

「『白雷』‼」

「ギイイイッ⁉」

全身に高圧電流を流され、黒焦げになったゴブリンが倒れる。

彼はゴブリンの死骸に近づき、『氷塊』を発動する。生みだした氷の長剣で、その胸元の部分を切り開くと経験石を回収した。

「ふうっ……この作業に本当に何も感じなくなったな。自分が怖く感じる」

現在ではすっかり慣れてしまい、手際《てぎわ》まで良くなっていた。

経験石を詰めた小袋も随分と重くなった。ルノはそろそろ引き返してドルトンの質屋に行って換金するべきか悩む。

「……でも、続けようかな。レベルももう少し上げておきたいし」

ルノのレベルは6になっていた。異能「成長」のおかげなのか、ゴブリンしか倒していないにもかかわらず順調にレベルが上昇している。

身体能力も上昇しているようだ。最初は鎖帷子を着た状態で走ることもできなかったが、今ではほとんど普通に動ける。

彼は自分が強くなっている確かな実感を得ていた。

「鎖帷子はまだ多少重く感じるけど、もっとレベルを上げれば自由に動けるかもしれないな。あと少しだけ頑張ろう」

ルノはそう呟くと、足元に意識を集中して『氷塊』の板を生みだす。彼はこの板を「氷板《スケボ》」と名付けることにした。

氷板《スケボ》の上に乗り、宙に浮かせる。

「あんまり帝都から離れすぎないようにしないと……何だ?」

ルノの視界に、ゆっくりと動く茶色の物体が映った。

茶色の毛に全身が覆われた巨体の顔は、猪《いのしし》そのものだ。ルノはすぐに、そいつがRPGで定番の魔物、オークだと気づく。

「プギィイイイッ……‼」

オークはゴブリンの死骸に喰《く》らいつき、凄まじい咬筋力《こうきんりょく》で骨ごと砕《くだ》いた。

豪快《ごうかい》に咀嚼《そしゃく》するオークを見て、ルノは冷や汗を流す。これまで相手にしてきたゴブリンとは、明らかに格が違うと感じた。

「だけど……」

オークはルノに気づいていない。

格上といえど、上手く動けば倒せるかもしれない。

ルノは作戦を考える。『白雷』を撃って敵の動きを封じ、すかさず『暴風』の強化スキルを発動させた『風圧』を撃てば……

「よし、それでいこう」

さっそくルノはオークに接近を試《こころ》みることにした。

氷板《スケボ》に乗ってゆっくりとオークの背後へ回る。氷板《スケボ》ならば音を立てずに移動することが可能だ。彼は移動しつつ、『氷塊』で野球ボールほどの氷の塊を作りだす。

「いけっ」

「ムグゥッ……!?」

氷の塊を食事中のオークの頭上から落とした。オークは突然降ってきた氷の塊に驚き、目を見開いて身体を硬直《こうちょく》させる。

「『白雷』!!」

ルノはその隙に、『白雷』を発動、投げ槍のように放つ。

《『電撃』の熟練度が限界値に到達しました。これにより強化スキル『紫電《しでん》』が解放されます》

ルノの目の前に新しい強化スキルを修得した画面が表示される。

放り投げた『白雷』の色が変化して紫色の電流と化すと、そのまま急激に加速して、オークの肉体を一気に貫通した。

「プギャアアアアアッ⁉」

「うわっ⁉」

『白雷』よりも強力な電流がオークの全身を貫き、その巨体を一瞬にして焼き尽くした。

黒焦げのオークは煙を噴《ふ》き上げながら派手に倒れると、しばらく痙攣《けいれん》していた。

ルノは自分の手とオークの死体を交互に見て、ただただ動揺していた。

「な、何だ、今の威力……これが雷属性の強化スキルなのか？」

これまで得てきた強化スキルはどれも凄まじかった。しかし、この『紫電』はそれらに増して桁違《けたちが》いだと感じる。

ルノが驚いていると突然、大きな疲労感に襲われて倒れそうになった。

「うっ……」

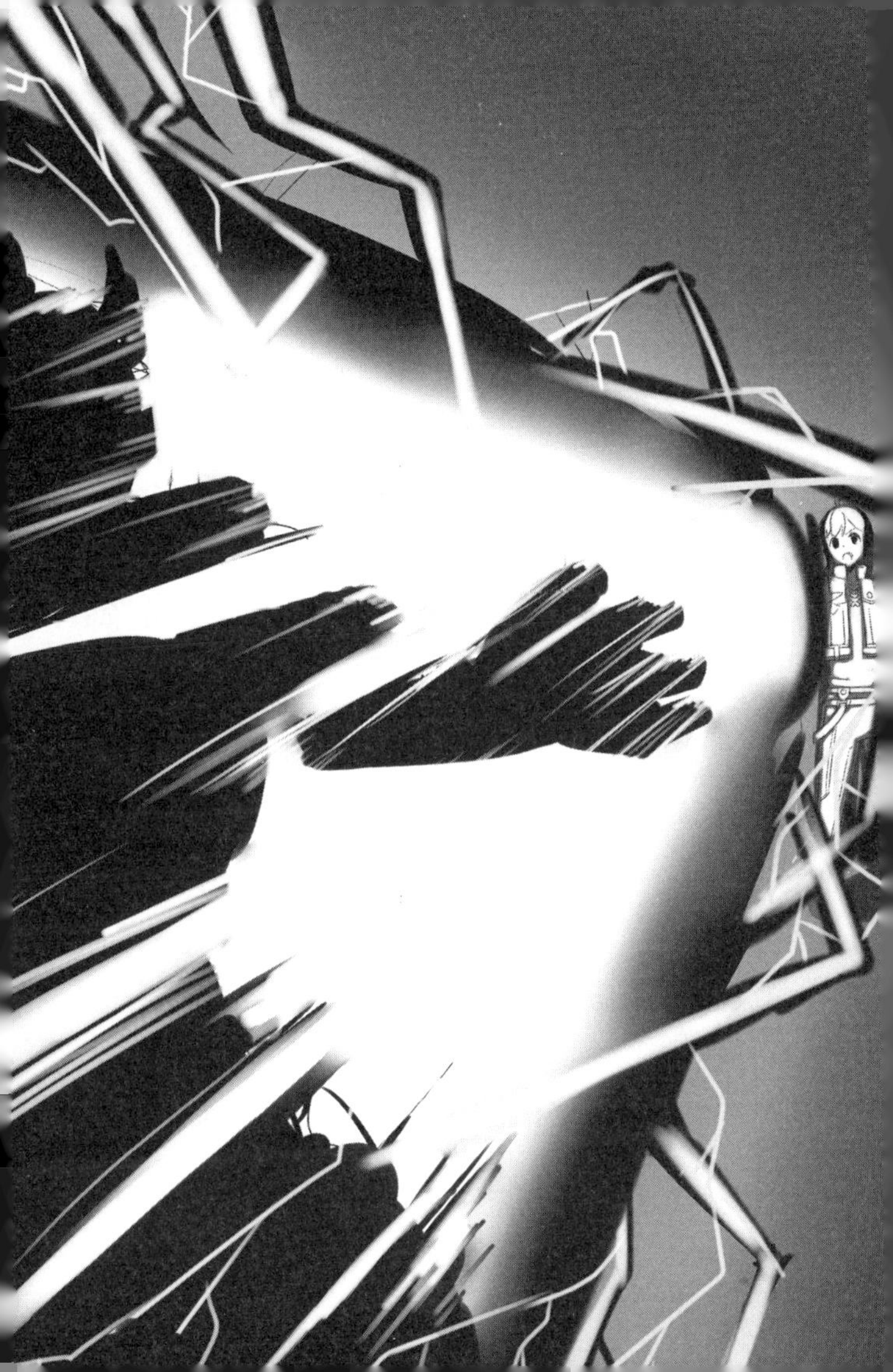

強化スキルを使用した影響で、魔力を消耗しすぎたらしい。彼は全身に錘《おもり》を吊《つ》り下げられたような感覚に襲われつつ、何とか身体を支える。

ルノは今日のところは引き返すことに決めた。

「経験石は回収しないと……」

身体をふらつかせながらオークの死体に近寄ると、ルノはその身体を裂いて経験石を取りだしていく。

オークの経験石はゴブリンの物と違って茶色く、二回りほど大きかった。

それを小袋に投げ入れると、ルノは『氷塊』で氷板《スケボ》を生みだし、帝都へ帰還するのだった。

×　×　×

ルノは帝都に戻ったその足で、さっそくドルトンの質屋を訪れる。

ドルトンは、ルノが前回よりも大量の経験石を持ってきたことに目を丸くした。そして、さらにゴブリン以外の経験石が混じっていることに気づき、声を上げる。

「こ、この経験石は……もしやホブゴブリンでは!?」

「ホブゴブリン？」

「おっと、失礼しました。私としたことが……取り乱したようです」

ドルトンが手に取っているのは、ルノが武装ゴブリンから回収した経験石だ。ルノがポカンとしていたので、ドルトンは説明する。

「ホブゴブリンというのは、進化したゴブリンのことでございます。普通のゴブリンよりも知能が高く力が強く、人間の装備を奪って身に着けていることもあるんです。ゴブリンの五倍の経験値を所有しているので、買取価格は五倍。銅貨五枚とさせていただきますが、いかがでしょうか？」

「えっ⁉　本当ですか？」

驚くルノをよそに、ドルトンは次の経験石を調べていく。

「それと、こちらはオークのようですね。ホブゴブリンよりも高値《たかね》で買い取らせていただきます。銀貨一枚でどうでしょう？」

「お、お願いします‼」

それから、ドルトンはすべて調べを終えた。ルノが採《と》ってきた経験石は、ゴブリンが二十五匹、ホブゴブリンが三匹、オークが一匹だった。

金額にして銀貨五枚である。つまり、二時間ばかり魔物を狩っただけで、日本円で5万円稼いだ計算になる。おいしい稼ぎだと言えるが、その一方で、体力と魔力の消耗も相当大きかった。

ルノはひとまず、宿屋で身体を休めることにした。

ドルトンに礼を言って質屋を後にした彼は、身体を引きずるように宿屋の部屋に戻る。そして、そのままベッドに倒れ込んだ。

「だいぶ稼いだけど、やっぱり合成魔術は疲れるな……」

魔物との戦闘を繰り返したことで、ルノは自分の実力に自信をつけていた。その一方で彼は、クリアすべき課題も感じていた。

(ここまで来たら、全部の魔法の熟練度を極めたいな。よし、ちょっと苦手《にがて》意識があったけど、聖属性と闇属性の合成魔術を確かめてみるか)

魔法の熟練度はただ使うよりも、戦闘で使ったほうが上がりやすい。しかし、聖属性と闇属性は戦闘向きでない。そのため、その二つの属性は熟練度がなかなか上げられずにいた。

彼は、聖属性と闇属性を戦闘に利用するため、合成魔術を生みだせないか試してみることに決めた。

(とにかく練習だな。強化スキルの確認もしておきたいし、今日覚えた『紫電』も使い慣れないと)

オークを打ち倒した『紫電』。それは非常に強力だったが、魔力消費が大きく、ルノは持て余してしまっていた。

ルノは、さらに強くなるために鍛錬に励《はげ》もうと誓《ちか》うのだった。

×　×　×

一方その頃、王城は四人の勇者が消えたことで大騒ぎになっていた。

勇者召喚を指揮《しき》したデキンは、失態《しったい》の責任を誰かに押しつけようと躍起《やっき》になっている。

普段は温厚《おんこう》な皇帝も、今回ばかりは怒り狂っていた。

「大臣‼　まだ、次の勇者召喚の準備は整わないのか‼」

「も、申し訳ございません‼　召喚の儀式に必要な召喚石《しょうかんせき》が不足しておりまして……」

「言い訳は聞き飽《あ》きた‼　いったいいつになったら、魔王軍に対抗しうる勇者を呼びだせるのだ⁉」

「そ、それは……」

「それに、娘と護衛の女騎士から聞いたが……貴様！　独断《どくだん》で召喚に巻き込まれたという少年を追いだしたそうだな？　お前が儂《わし》に、少年自ら出ていったと報告してきた時点で、どこかおかしいとは思っていたが……」

大きなため息を吐きながら、皇帝はデキンを睨みつける。皇帝は、その少年にも実は勇者のような能力があったのではないかと思っていた。

「今まで歴史上、召喚された者はすべて勇者だった。やはり彼も、勇者になれる素質があったからこそ、呼びだされたのではないのか？　……仮に勇者でなくともだ。我々が保護するのが筋《すじ》ではないのか？」

デキンが必死に弁解する。

「し、しかし陛下！　あの者は最弱職だったのですぞ？　そんな役に立たない人間を王城に置くことは……」

「職業で人間を差別するとは何事だ‼　彼の生活の面倒を見るのは、国として当たり前だろうが‼　可哀想《かわいそう》に……今頃あの子はどこで、どうしているのか」

「ぐっ……」

ルノの境遇《きょうぐう》に同情を示していた皇帝は、すでにルノの捜索を命じていた。もし見つけたら王城に迎え入れるようにという、手配までしてあった。

しかし、デキンは皇帝のそうした意向を知りつつ、まったく逆の指示を出していた。

彼は自分の配下を使って、皇帝より先にルノを捕《つか》まえ、即座に始末するように命令を下していたのだった。

6

翌日の朝。

ルノは黒猫旅館の裏庭で、『氷塊』を発動して氷壁を作りだした。

高さ二メートル、横幅《よこはば》一メートル、厚《あつ》さ五十センチの氷壁を、間隔《かんかく》を空《あ》けて三つ並べる。

その後ろには、『土塊』で土壁を作った。

ルノは氷壁から離れると、昨夜のうちに完成させておいた、とある合成魔術を発動する。

「『黒炎《こくえん》』‼」

彼の手のひらから黒い炎が生みだされる。

闇属性と火属性の初級魔法を組み合わせた黒い炎が、氷壁に向けて放たれた。黒い炎が放射されると、一枚目の氷壁をあっという間に溶《と》かす。

「うわっとと……すごいな」

ルノは蒸発《じょうはつ》した氷壁を見て、冷や汗を流す。『黒炎』は強化スキルを発動していない状態でも、強力な威力を誇っていた。

続いて彼は、両手を残された氷壁に向けて構える。

「『黒炎』……からの『風圧』‼」

一方の手で『黒炎』を発動し、さらにもう一方の手で強化スキル『暴風』を発動させた状態の『風圧』を放つ。

すると、『黒炎』が渦巻く風の魔力を吸収し——黒い火炎の槍と化して、ものすごい勢いで飛んでいった。

氷壁二枚を瞬時に貫通し、さらに後方の土壁を吹き飛ばす。

「うわ、何だこれっ⁉」

ルノの視界に、新しい能力を獲得したことを示す画面が表示される。

《合成魔術『黒炎槍《こくえんそう》』を修得しました》

これで彼は、四つの合成魔術を覚えたことになる。ルノは、これまで獲得した合成魔術をまとめて表示させる。

「合成魔術」

・白雷――雷属性と聖属性の合成魔術。白い電流を放出して、対象を一定時間帯電させる。対象が生物の場合、一時的に麻痺させることができる。
・炎刃――火属性と風属性の合成魔術。三日月状の火炎の刃を放つ。
・黒炎――火属性と闇属性の合成魔術。黒い炎を生みだし、広範囲に火炎を放射する。
・黒炎槍―風属性、火属性、闇属性の合成魔術。風属性は、強化スキル発動時に限る。『黒炎』の槍を放つ。

新しく覚えた『黒炎』と『黒炎槍』について確認していく。

『黒炎』は火炎放射器のように扱え、比較的広範囲の攻撃が可能なようだ。一方『黒炎槍』は攻撃範囲がかなり狭《せば》まるものの、その威力は相当らしい。

「『黒炎槍』は強力みたいだけど……魔力消費は激しいな。その点、『黒炎』のほうは使い勝手が良さそうだ」

強化スキルを使う『黒炎槍』は、身体への負担《ふたん》が相当大きい。それに対して、『黒炎』は現在のルノでも問題なく扱える。『白雷』同様に、『黒炎』は重宝しそうだと彼は思った。

画面を閉じてから、ルノは呟く。

「東の草原にはコボルトがいるって、ドルトンさんは言っていたっけ？　……コボルトか、いったいどんな魔物だろう」

今日はいつもとは別の城門から出て、魔物を狩ろうと決めていた。

今まで彼が利用していたのは、南門だけだ。帝都周辺の魔物は、帝都の東西南北によって別々の種が生息している。

南側はゴブリンやオークの支配域となっている。

東側には、コボルトという魔物が生息しているらしい。コボルトは、ゴブリンやオークよりも凶暴《きょうぼう》だが、その分、経験石は高値で買い取られるとのこと。

ドルトンからそう聞いたルノは、今回は東側の城門から草原に赴こうと思っていた。

「準備は念入りにしないとな。よし、今日も稼ぐぞ‼」

それから裏庭の後始末をすると、ルノはレベル上げと生活費稼ぎを兼《か》ねて、魔物狩りに向かうのだった。

×　×　×

ルノは何事もなく東の城門を通り過ぎ、氷板《スケボ》に乗って上空を飛んでいた。

そうしてゆっくりと移動しながら、新しい『氷塊』の攻撃法について考える。

「う～ん。ちょっと残酷《ざんこく》かもしれないけど、この方法なら一気に魔物を倒せるかもしれない。試してみようかな」

ルノは氷板《スケボ》を停めると、たった今考えついたアイデアをやってみるため、『氷塊』を発動する。作りだしたのは、円盤型《えんばんがた》の氷の塊だ。円盤の周りは丸鋸《まるのこ》のように刃が付いている。

彼は、それを指先に移動させると、高速回転させた。

「こうかな？」

風切り音が響き渡る。

地上に降りてその切れ味を確かめようとした時――足下に人影が見えた。それはルノに向かって飛びかかってきた。

「ガアアッ‼」

「うわぁっ⁉」

ルノは地上から七、八メートルほど上を飛んでいた。飛びかかってきたのは、白い毛に覆われた狼のような生物である。

彼は氷板《スケボ》を後方に移動させようとしたが、狼のような生物の手が氷板《スケボ》を掠り、バランスを崩して落ちそうになる。

「くっ……このぉっ‼」

地上に墜落《ついらく》する寸前で体勢を立て直す。ルノは再び氷板《スケボ》を浮上させ、狼のような生物のほうに目を向ける。

地面に着地していたそいつは咆哮《ほうこう》を放った。

「ウォオオンッ‼」

ルノの目の前には、人間のように二足歩行で立つ狼がいた。

ルノはドルトンから聞いていた話を思いだす。こいつが間違いなくコボルトだろう。ルノは反撃に打って出ることにした。

「『白雷』‼」

「ウォンッ⁉」

「外《はず》したっ⁉」

ルノの手から電が撃ちだされる前に、コボルトは危険を察知して避ける。

コボルトは危険察知能力が高いらしい。

コボルトはオークより力は劣るが、移動速度に優れ、刃物のような切れ味を誇る牙と爪を持つ。そのため冒険者の間では、他の魔物以上に危険視されていた。

「ウォンッ‼」

「くっ、これならどうだ、『黒炎』‼」

突進してきたコボルトに、ルノは『黒炎』を火炎放射器のように放つ。

「ギャヒィンッ⁉」

さすがにコボルトでも、広範囲に届くこの攻撃は回避《かいひ》できなかったようだ。黒い炎を全身に受け、悲鳴を上げて地面に倒れた。

「ガアアッ……」

「うわっ……闇属性の特徴をしっかりと引き継いでいるな」

コボルトは炎を消そうとして、地面を転がり回る。しかし、炎はコボルトの身体に粘着物のように張り付き、そのまま全身を焼き尽くした。

しばらく暴れていたコボルトも徐々に大人《おとな》しくなり、十数秒ほど経過した頃には『黒炎』が消え去る。

残されたのは、コボルトの焼け焦げた死体だけだった。

「……我ながら、恐ろしい魔法を覚えたな」

ルノは経験石を回収するために近づく。

コボルトの経験石は白い石で、大きさはオークの物より小さい。ドルトンの話では、最低でも銀貨一枚で取引されるとのことだった。

いつも通り小袋に回収したが、ルノはふと違和感を抱く。

「経験石は何で熱くないんだろ？」

コボルトを焼き尽くした『黒炎』は、その体内も高熱で焼いたはず。実際に死骸からは未だに黒煙が上がっていた。それにもかかわらず、経験石は熱くなかった。

そういえば、『白雷』で倒した敵から回収した経験石も、熱くて持てないといったようなことはなかった。

「もしかして経験石には魔法耐性でもあるのかな？　まあ、壊れないほうが都合が良いから、どうでもいいけどさ」

ルノはあまり気にしないことにし、経験石を回収した。

次の標的を探そうとした時――狼の鳴き声が響き渡った。

ルノが周囲に視線を向けると、数体のコボルトが接近していることが分かった。仲間の死体の匂いを嗅《か》ぎつけたのかもしれない。

「ウォオオンッ‼」

コボルト達は、本物の狼のように四足歩行になっている。

ルノは氷板《スケボ》で飛んで逃げようと考えたが、先ほど空中を移動中に襲われたことを思いだす。ここで下手《へた》に動けば、相手に隙を見せてしまうかもしれない。

彼は手のひらを構える。

相手の動きを自分の正面《しょうめん》から来るように上手く誘導すれば、攻撃を命中させることができるのではないかと考え、敵を十分に引きつけて魔法を放つ。

「『白雷』‼」

「ウォンッ⁉」

「ガアッ‼」

『白雷』が発動する寸前でコボルト達に察知され、避けられてしまった。

この魔法は速度こそ速いが、攻撃範囲が極端《きょくたん》に狭《せま》いので、コボルトのように反射神経に優れた魔物とは相性が悪い。

「くそっ‼　なら、『火球』‼」

「ウォンッ⁉」

ルノは自分の周囲に、数十個の『火球』を浮かせた。

ルノに襲いかかろうとしていたコボルトの群れが止まる。

『火球』を周囲に漂わせたまま、ルノは次の手を考える。コボルトがゴブリンのように石を投擲してきたら、『火球』では防ぐことはできない。

その時ルノは視線の先に、先ほど生成して放置したままになっていた丸鋸型の『氷塊』を捉《とら》えた。

「……試してみるか」

「グルルルッ‼」

コボルトの群れが威嚇《いかく》するように唸《うな》り声を上げる。ルノは丸鋸型の『氷塊』を自分のほうへ引き寄せ、高速回転させる。

そしてコボルトに向けて放った。

「いけっ‼」

「ウォンッ⁉」

コボルトは横方向に飛び退く。

だが、『氷塊』はルノの意思で動かせる。コボルトは下手に跳躍《ちょうやく》したことで逃げ場を失った。そのコボルトの首に向けて、ルノは円盤を放つ。

「ウガァッ⁉」

「ウォンッ⁉」

「どうだ‼」

コボルトの首が切断され、頭部が地面に転がった。

その光景を見て、他のコボルト達が目を剥《む》く。ルノはその隙を逃さずに、氷の円盤を操作してコボルトの群れに放った。

「逃がすかっ‼」

「ギャウッ⁉」

「ガアッ⁉」

「ギャヒンッ⁉」

円盤がコボルト達を切り裂いていく。コボルトが回避しようとしても、円盤は追尾《ついび》してくるので簡単に逃げることはできない。

一匹たりとも残さずに殲滅するため、ルノは自分の周囲に滞空させていた『火球』を砲撃のように一斉掃射《いっせいそうしゃ》する。

「止《とど》めっ‼」

「ギャウンッ⁉」

無数の『火球』がコボルトの群れを直撃し、爆炎が上がる。

ルノは氷の円盤を手元に戻すと、周囲に転がるコボルトの死骸に視線を向けた。

「全部倒したか……ふうっ、少し油断しすぎたな」

空中を移動中に攻撃を仕掛けられたのは、今回が初めてではない。

ルノは考え事をしながら飛んでいたことを反省しつつ、コボルトの死骸から経験石を回収するのだった。


その後、彼はいったん休憩を挟むことにした。

手元には氷の円盤がある。彼はこの円盤を回転氷刃《ヤイバ》と呼ぶことにする。

「これは便利だな。強くて扱いやすい。合成魔術より魔力消費が少ないから、いろんな場面で使えそうだ」

複数発動させても自由に操作できるので、様々なシチュエーションに対応できる。

何より魔力消費が抑えられるのが大きい。移動の際に滞空させておけば、攻撃・防御どちらの役割もこなせそうだ。

「でも、『白雷』を避ける魔物がいるなんてな……ちょっと油断してたかも」

ルノはため息を吐きだす。

『黒炎』を覚えていなければ、最初のコボルトの急襲《きゅうしゅう》で殺されていた可能性もあった。ルノは『白雷』頼りになっていたことを反省する。

「……だけど、今の戦闘で随分とレベルが上がったな」

コボルトは、ホブゴブリンやオークよりも多くの経験値を所有していたらしい。ルノのレベルは、すでに14にまで上昇していた。

ただし、それでも新しい魔法を覚えた様子はない。

ルノは、初級魔術師は初級魔法しか扱えない、というデキンの言葉を思いだした。

(魔法はしょうがないとしても、他に何か能力を覚えたりしないのかな？　スキルとかアビリティとか……)

ステータス画面の、レベル、初級魔法、合成魔術以外の項目には変化はなかった。もちろん、新しい能力を覚えた様子はない。

そういえば、ステータス画面でずっと気になっていたことがある。ＳＰという項目だ。レベルの上昇とともに数値は増え、現在は14になっていた。

(何だろう……ＭＰとは違うみたいだし)

ルノが見られるステータス画面には、扱える能力くらいしか表示されていない。この数値だけ異質に感じていた。

　しかし考えてみたところでまったく分からないので、ルノは仕方なく画面を閉じ、魔物狩りを再開することにした。

「もうちょっと遠出《とおで》するか」

氷板《スケボ》であればかなり遠方まで移動できる。せっかくなので帝都からちょっと離れてみて、次の獲物を探すことを決めた。

　さっそく氷板《スケボ》に乗って移動する。前回、奇襲《きしゅう》を受けてしまった反省を活《い》かし、周囲には回転氷刃《ヤイバ》を発動させている。

しばらく飛んでいると、ルノは後方から足音が近づいていることに気づいた。

「何の音……うわぁっ⁉」

「フゴォオオオオッ‼」

派手に土煙を舞い上げながら、巨大な猪が疾走していた。全身の毛が赤い猪が、氷板《スケボ》で移動するルノに接近してくる。

「何だこいつ⁉」

「フゴォッ‼」

「うわ、危なっ⁉」

猪が巨大な鼻をぶつけてきた。ルノは戸惑いつつ、周囲に滞空させていた回転氷刃《ヤイバ》を

える。

前脚を切られた猪が派手に転倒した。それを確認したルノは氷板《スケボ》を停止させて、手を構
放つ。

「猪鍋《いのししなべ》にしてやる‼」

「プギィイイイイッ⁉」

猪の肉体を、回転氷刃《ヤイバ》が次々と切り裂いていく。

「ッ……⁉」

「『白雷』‼」

白い電流が倒れた猪に直撃。猪の断末魔《だんまつま》の悲鳴が響き渡った。ルノは氷板《スケボ》から降りて、猪に近づく。確実に倒したことを確認してから死骸を調べた。

「あれ？　こいつ、俺を追いかける前から怪我を負ってたみたいだな……どういうことだろ？　何かに襲われてたのか？」

猪の背中には、ルノが付けた覚えがない切り傷があった。刃物で激しく切りつけたような跡《あと》だった。

ルノは不思議に思いながらも、猪から経験石を取りだすため、超振動させた氷の剣で胴体を裂こうとした時――

巨大な黒い影が差した。

「ウォオオオンッ‼」

「わあっ⁉」

ルノの背後に立っていたのは、全身が黒い毛に覆われたコボルトである。

唐突《とうとつ》に現れた敵に、ルノは慌てて後ずさる。コボルトは焼け焦げた猪に喰らいつき、鋭《えい》利《り》な牙で毛ごと肉を剥《は》ぎ取っていた。

「ガアアッ……‼」

「うっ……」

黒いコボルトはルノには目もくれず、猪の肉を食い漁《あさ》っている。

ルノは、今まで相手をしてきた魔物の中でも、この黒いコボルトは特別危険だというのを本能的に感じ取った。

彼は静かに氷板《スケボ》を発動すると、物音を立てないようにゆっくり距離を取っていく。

一瞬、黒いコボルトがルノに目を向ける。

しかし、即座に興味をなくしたように視線を逸《そ》らすと、再び猪を貪《むさぼ》りだした。ルノはその様子を見ながら冷や汗を流す。

彼は帝都に向け、一目散《いちもくさん》に逃げていった。

黒いコボルトから、ルノは何とか逃げ延《の》びることができた。

帝都に帰還し、さっそくドルトンの質屋を訪ねる。ドルトンに経験石の換金をお願いするのとともに、草原で遭遇した黒いコボルトについて話す。

「何とっ……それはコボルトの亜種《あしゅ》ではないですかっ⁉」

「亜種？」

「ううむ、まさか亜種が出現していたとは……」

「あの、亜種というのは何ですか？」

ルノがそう尋ねると、ドルトンは驚いた表情を浮かべた。ルノがそんな知識もないことに驚いたようだ。

しかし、ドルトンはいつものように丁寧《ていねい》に説明してくれる。

「魔物の中には、他の魔物を食らい続けることで進化する個体がいます。その場合、食らった魔物の特徴を得るのですが、そうした魔物は亜種と呼ばれるのです」

「へえ。じゃあ、俺が遭遇したのは……」

「色違いのコボルトが草原に出現することは稀《まれ》にはあるそうですが……それでも最後に目撃されたのは、私の記憶では十年前。当時は冒険者が討伐しましたが、どうやら新しい亜種が生まれたようですな」

「ゴブリンの進化種とは違うんですか？　ホブゴブリンでしたっけ」

「ええ、違います。ゴブリンは自然とホブゴブリンになることがあるんですよ。しかし、亜種の場合はそうではありません。進化種以上に希少なだけでなく、能力も大きく成長します」

「なるほど。ちなみに、俺が遭遇したコボルトには名前とかあるんですか？」

ドルトンは一瞬考え込む。そしてゆっくりと口を開いた。

「黒いコボルトというのは、私も知りませんな。もしかしたら新種かもしれませんぞ？」

「新種……」

ルノは、自分がまずい相手に遭遇していたことを何となく理解した。さっきは逃げられたが、もしかしたら運が良かっただけかもしれない。

ドルトンはルノに真剣な眼差《まなざ》しを向けると、心配そうに言う。

「ともかくルノ様、今回の換金はこちらになります。今後は、東側の草原に出向くのは控えてくださいね。コボルトの件は、私のほうから冒険者ギルドに報告しておきます」

「あ、はい……え、こんなに!?」

ルノは銀貨を十数枚渡されて驚く。

ドルトンは急いでギルドに向かうようで、すでに身支度《みじたく》を整えて外出する準備をしていた。ルノは邪魔してはまずいと判断して店を出る。

予想外の収入だったが、今後は東側の草原に出向くのは難しそうだ。残念に思いつつ、ルノは呟く。

「結構良い稼ぎになったんだけどな。違う場所を探索《たんさく》するか」

今まで通り、比較的安全な南側の草原を狩場《かりば》にする方法もある。だが、まだ出向いていない西側や北側の草原に赴いてみたい気持ちもあった。

レベルが上がり魔力容量が上昇しているのか、そこまで疲労感もない。時間も余っているというのもあり、彼は西側の城門に向かうことにした。

×　×　×

今回も特に何事もなく、ルノは西側の城門を潜り抜けることができた。

草原に出て、早々に森を発見する。徒歩《とほ》五分ほどのところに、森が広がっていた。

草原には魔物の姿がまったくなかった。西側の情報は持っていないが、魔物は森に生息しているのかもしれない。

そう思った彼は、上空から探索することにする。

「うわ、すごく広いな、この森‼」

上空三十メートルから見ても端が確認できないほど、広大な森だった。

空を飛べるので、ルノなら迷っても自力で森の外を抜けだせるだろう……だが、何の準備もせずにこの森に入るのは危険だと判断する。

「森の中だと、木々が邪魔したりして魔法が上手く使えないかもしれない……何となく嫌な予感もするし、今は探索はやめとこう！」

せっかく西側を訪れたが、森の探索は断念《だんねん》する。

彼は、そのまま北側の草原に向かうことにした。もちろん、北側の草原にどんな魔物が出現するのか知らない。それでも、魔物から襲われない高度まで上昇すれば大丈夫ではないかと考えた。

とはいえ、すでに二回も空で襲撃《しゅうげき》を受けているので、用心のために高度二十メートルまで上がると、そのまま北側へ向かった。

途中、防壁の上を巡回《じゅんかい》する兵士とすれ違う。兵士の何人かがルノに気づいて驚愕するが、ルノは気にすることなく通り過ぎていく。

北側の草原に到着する。

「あれは？　何か可愛《かわい》いのがいる」

ルノは、見たこともない生き物を見つけた。

これまで遭遇してきた魔物とは違って、とても可愛らしい外見である。その生き物はルノのほうをちらちらと見ていた。ルノは高度を下げてそちらに近づく。

「キュイッ‼」

「キュキュッ‼」

「鳴き声も可愛いな……でも、兎だよね？」

彼の目の前では、額に角《つの》を生やした兎のような生物が何体も草原を駆け巡《めぐ》っていた。中には果実のような物を食している個体もいる。

ルノはつい警戒《けいかい》を緩《ゆる》めて、近づいてしまう。

「キュイッ？」

「ほ～ら、怖くないよ～」

兎は首を傾げ、ゆっくりと歩み寄ってくる。

ルノが、手を伸ばして首を摩《さす》ろうとした時――

兎は、額の角をドリルのように回転させて突きだしてきた。

「ギュイイイイッ‼」

「うわっ⁉」

ルノは咄嗟に横へ回避する。彼の頬に鮮血《せんけつ》が舞った。

頬に赤い筋が生まれ、自分が攻撃されたと知ったルノは、兎に視線を向ける。相手はすでに地面に着地し、次の攻撃の態勢に入っていた。

「ひょ、『氷塊』‼」

「キュイイッ⁉」

ルノは氷の盾を生みだして、突進してきた兎を受け止める。額の角が『氷塊』に突き刺さると、兎は身体を回転させる。

だがその行動が仇《あだ》となり、額に生えていた角が引きちぎれ、兎は吹き飛んでしまった。

「ギュイイィイイッ……⁉」

「あ、危なかった……何だ、急に」

ルノは盾に突き刺さった状態の角に視線を向ける。

すぐに彼は、その角の正体《しょうたい》が経験石だと気づく。よくよく観察すれば、角の部分は白く輝いていた。盾から引き抜くと、三十センチほどの長さの経験石だった。

今までの魔物は体内に経験石を隠していたが、この兎は経験石を身体の外部に出し、武器として使用しているようだ。

「こいつ、本気で俺を殺す気だったたな……待てよ、ということは、他の奴等も……⁉」

「ギュイイイイイッ……‼」

草原には無数の兎がいた。仲間を殺されたことで怒ったのか、周囲にいた一角兎達がルノに視線を向け、額の角をドリルのように回転させる。

その光景を目の当たりにして、ルノは冷や汗を流す。即座に氷板《スケボ》を出すと、上空に逃げだした。

「さらばっ!!」

「ギュキュッ!?」

ルノが地上に視線を向けると、自分が先ほどまで立っていた場所に、十数匹の一角兎が集まっていた。

彼は手のひらを構え、一気に殲滅するために『黒炎』を放つ。

「お返しだ!!」

「ギュイイイイッ!?」

上空から『黒炎』が放たれ、すべての一角兎を焼き尽くす。

ルノは氷板《スケボ》を地面に下ろす。それから地面に横たわる一角兎達を見て、安堵の息を吐いた。

「ふうっ……小さくて可愛いからって油断したらだめだな」

黒焦げの一角兎達から、香ばしい焼けた肉の香りが漂っている。

角の形状をした経験石は炎の影響を受けなかったようで、光り輝いていた。ルノは経験石を回収する。

「危なかったな……いててっ」

頬に痛みが走り、最初の一角兎の攻撃で傷ついていたことを思いだすルノ。

彼は今さらながら、自分が怪我をした時の治療法を持たずに、魔物と戦っていたことに気づく。

「今日は帰ろう。経験石は明日換金してもらって……あ、レベルはどれくらい上がったかな？」

ステータス画面を開き、レベルの項目を調べる。

すると、驚くべきことに一気に18まで上昇しており、一角兎がかなり経験値を保有していたことを知る。

「うわ、こいつ等コボルトよりも経験値あるのか⁉」

予想以上にレベルが上昇していたことに、ルノは戸惑う。

またそれに加えて、鎖帷子がさらに軽く感じられるのに気づく。レベルが上がったことで、身体能力も上がることが実感できた。

一角兎は経験値が多いのに、『黒炎』で一撃で葬《ほうむ》れるんだよなあと思いつつ、彼は周囲の一角兎達に視線を向ける。

草原には、一角兎が大量にいた。

ルノはその数えきれない量を見て、さらにレベルを上昇させることができるのではないかと考えた。

（これだけの量を倒せばかなりレベルが上がるよな……それに、経験石も大量に手に入り

そうだし、明日からはここを狩場にしようか）

一角兎の経験石の価値がどの程度かは分からない。だが、コボルト以上の経験値を有してるのだから、いくらか期待してもいいだろう。

そんなことを考えつつ、ルノは傷の治療のためというのもあって帝都に戻ろうとした。

その時ふと、違和感を抱く。

「あれ？　あいつだけなんか黒くないか？」

一角兎の群れの中に、一匹だけ全身が黒い体毛に覆われた個体を発見する。不思議に思ったルノが様子を窺《うかが》っていると、その一角兎が接近してくる。

「キュルルルッ……‼」

「鳴き声が違う？」

黒い一角兎は額の角を回転させると、突進してきた。

ルノは今日の最後の獲物として、手のひらを構えて魔法で迎撃《げいげき》の態勢を取る。しかし、黒い一角兎は驚くべき攻撃を仕掛けてくる。

「ギュルルルッ‼」

「えっ⁉」

接近していた一角兎は唐突に止まったかと思うと、額に生えている角を、弾丸のように撃ちだしてきたのだ。

予想外の攻撃に、ルノは反応しきれない。彼はお腹《なか》に強い衝撃を受けて地面に倒れた。

「あぐぅっ⁉」

「キュルルルッ……⁉」

苦痛の声を漏らすルノ。

腹部を貫かれたのではないかと思ったが、鎖帷子が角を受け止めていた。角の先端《せんたん》が腹に刺さってしまったものの、それほど深い傷にはなっていなかった。

ルノは、角を失ったことで普通の兎に成り果てた相手に、手のひらを向けて魔法を唱える。

「『黒炎槍』‼」

「ギュルルルルッ――――⁉」

黒い炎の槍が、一角兎を焼却《しょうきゃく》する。

ルノは刺さった角を引き抜き、お腹を押さえながら立ち上がった。血は流れたが、軽《けい》傷《しょう》のようだ。

ただ、鎖帷子がなければ死んでいた可能性もあった。

「ドルトンさんにお礼を言わないとな……いつつっ」

穴の空《あ》いてしまった鎖帷子を確認しながらルノは起き上がる。

そして、血の付いた頬と腹部を見てため息を吐きだす。

回復手段を持たずに、魔物が現れる草原に繰りだしていた自分の馬鹿さ加減に頭を押さえ、彼は即座に帝都に帰還するのだった。

7

帝都に戻ったルノは、黒猫旅館に直行した。

さっそく、エリナから治療を受ける。彼女は慣れた手つきでルノの頬に、薬液《やくえき》という特別な薬を塗《ぬ》ってくれた。お腹のほうは綺麗に血を洗い流した後、傷口に薬液を塗りつけて包帯を巻く。

「これでよしっ、今日はお風呂に入っちゃだめっすよ～」

「すみません……」

「いえいえ、治療代はしっかりと宿代に追加させてもらいますから気にしないでください。それにしても、回復薬や薬液を持たずに魔物を狩るなんて、お客さんも馬鹿ですね～」

「面目《めんぼく》ない……」

エリナは呆れつつも、ルノの軽率《けいそつ》な行動を注意した。

彼女の話では、魔物と戦闘する際には、回復手段を用意するのが当たり前で、回復薬や薬液といった薬があるらしい。

なお、この二つは薬剤師と呼ばれる職業の者が主に作りだす薬品で、傷の治療や体力の回復を同時に行えるようだ。

回復薬は主に二種類あり、今のように治療や体力を回復させるのが回復薬《ポーション》。魔力を回復させるのが魔力回復薬である。他にも、毒を取り除《のぞ》く解毒薬《げどくやく》、簡単な切り傷程度ならば治療できる薬液などがある。

「いくら回復薬が高価だからって、ケチったらだめですよ。魔物に殺されたら、全部終わりなんですから」

「そうですよね……でも、回復薬はどこで売ってるんですか？」

「治療院で買えるっすよ。後は、冒険者が薬草から回復薬を調合して販売していることもありますけど……普通に治療院で購入したほうがいいっすね。薬剤師や回復魔導士が作った回復薬のほうが品質が良いし、味も美味《おい》しいと聞いたことがあるっす」

「治療院……」

ルノはこちらの世界の病院のような存在なのかと予測した。また、回復薬は高価という言葉に現在の金銭に不安を覚える。

それでも回復薬の購入は避けられないと考えていると、エリナが一冊の本を取りだす。

「どうしてもお金がないなら、この本を読んでみたらどうっすか？」

「え、これは？」

「薬品の調合方法が書かれた調合本《レシピ》っす。冒険者のお客さんの忘れ物なんですけど、全然取りに来ないから、うちとしても捨てるに捨てられなくて困っているんですよ。後で返してくれるなら、部屋に持っていっても構わないですよ」

ルノはエリナから古ぼけた一冊の本を受け取った。

中を開くと、こちらの世界の文字で書かれていたが、翻訳スキルを所持しているルノは読み取ることができる。

「まあ、外国の文字で書かれているから、あたしにはさっぱりなんですけど、もしも読み取れたら貴重な回復薬の作り方が分かるかもしれないっす」

「え？　あ、そうなんですか……」

「それじゃあ、あたしはこれで失礼するっす。あんまり無茶しちゃだめっすよ？」

エリナが立ち去った後、調合本の中身を見ると、エリナの予想通りに回復薬や解毒薬の調合方法が詳細に書かれていた。ルノは調合に強い興味を抱く。

「へえ……なるほど、こういうふうに作るのか」

調合本を確認しながら、ルノは薬品の調合に必要な素材と道具を確認した。調合器具は、ドルトンの質屋で用意できそうな物ばかりだった。

また、肝心《かんじん》の薬の素材がどこで入手しやすいのかについても事細《ことこま》かに記載されていた。

×　×　×

翌日の朝。

一角兎は、ホーンラビットと呼ばれていることをエリナから教わった。そのホーンラビットの経験石の換金と、調合本に記されていた調合器具を購入するため、ルノはドルトンの質屋を訪れていた。

「これは……一角兎を狩ったのですか」

「え？」

ドルトンは驚いた様子で、大量の一角兎の経験石を受け取る。ルノがその反応を不思議に思っていると、ドルトンは説明してくれる。

「冒険者の間で一角兎は、『新人狩り』と呼ばれる凶悪な魔物です。初心者の冒険者は弱い魔物だと勘違《かんちが》いして挑みますが、奴等は可愛らしい外見とは裏腹《うらはら》に非常に凶悪で、近づくと額の角で襲いかかります。この角は経験石で構成されているので、並大抵の武器や魔法では破壊できません。ほとんどの新人冒険者が返り討《う》ちにされることで有名なんですよ」

「そんなに危険なんですか⁉」

予想以上に厄介《やっかい》な敵を相手にしていたと知り、ルノは驚愕した。

外見に騙されて殺される者も少なくないらしい。彼は、今後決して外見だけで敵の強さを判断しないようにしようと誓った。

一角兎は高い経験値を持っており、さらにルノは回収できなかったが、その肉は非常に美味という。もし上手く剥ぎ取れば、高値で買い取ってくれるらしい。

「一角兎の経験石はどれくらいの価値があるんですか？」

「そうですな……これほどの量だと金貨三枚でどうでしょうか？　むっ⁉　ま、まさかこの色合いは一角兎の亜種では⁉」

ドルトンは黒い一角兎の角を発見し、さらに驚いた表情を浮かべる。

ルノは知らないうちに亜種を倒していたことに気づき、コボルトの亜種も黒であったことを思いだす。

「これは素晴らしい‼　これほどの経験石ならば金貨一枚で購入しましょう‼」

「金貨⁉　良いんですかっ⁉」

「構いませんとも。これほどの上物ならば買手もたくさんいます‼」

興奮したように、亜種の経験石を掲げるドルトン。ルノは戸惑いながらも、金貨四枚を受け取った。一気に40万円分の報酬《ほうしゅう》を手にしたことになる。

これだけあれば装備を整えることができる。彼は鎖帷子に穴が空《あ》いたのを思いだし、ドルトンに相談する。

「あ、すみません。そいつを倒した時に防具がだめになったんですけど……他に同じ物はありますか？」

「何と……分かりました。それでは新しく入荷したこちらはどうでしょうか？　退魔《たいま》のローブと呼ばれる物です」

「退魔？」

ドルトンは、店奥に設置されていた木造人形を指さした。

元々は、ルノが購入した鎖帷子があった場所に、灰色のローブが取り付けられていた。少し派手だが、鎖帷子にも負けない性能を誇るという。

「退魔のローブは外部からの衝撃に強く、魔法耐性も高い一品です。しかも非常に軽いので動きやすく、どんな汚《よご》れも水洗いで流し落とせます」

「至れり尽くせりじゃないですか」

「値段が少々張りまして、金貨三枚となります」

「……ですよね」

高性能な分だけ、値段のほうも相応に高いようだ。

ルノは購入を決め、せっかく手に入れた金貨を渡して、退魔のローブを受け取る。今まで使用していた鎖帷子は購入から二日程度で廃棄《はいき》となった。

彼はさっそくローブを身に着けることにした。

「へえ、本当に軽いですね。あれ？　腕の部分に縫《ぬ》い合わせた跡がある……」

「申し訳ありませんが、それは元々は他の冒険者が売却した物ですので、どうしても傷んでいる箇所《かしょ》があります。新品だと金貨十枚はくだらないのですが……代金を受け取る前に説明すべきでした」

「あ、全然大丈夫です。ちゃんと縫い合わせてあるなら気にしません。それと、このお店に調合用の器具はありますか？」

「調合ですか？」

次に、ルノは調合用の器具の有無を尋ねたが、すべてこの店にあるようだ。

「それらの種類ならば、すべて取り扱ってますな。すぐに用意しましょう」

「ありがとうございます。あ、値段のほうは……」

「ふむ。さすがにこれだけの量になると、値段は張りますな。持ち運ぶのに苦労されるでしょうから、鞄かリュックサックも購入されますか？」

「あ、それならリュックサックを」

「分かりました。では、合計で金貨一枚となります」

「……はい」

結局、ルノは昨日の分の一角兎の報酬をすべて支払うことで、新しい防具、調合用器具、荷物を収める大きめのリュックを購入したのだった。

調合器具を入れたリュックを背負《せお》い、ルノはドルトンの店を後にした。

彼は今、調合本に記されていた知識を頼りに、西の森に向かっている。回復薬の作成には薬草が必要なため、その採取をしようと決めたのだ。

調合本には、薬草は森で採れると書いてあった。さらにいろいろ調べてみると、帝都の西側の森には薬草がある可能性が高いという。

前回来た時は探索せずに撤退《てったい》したが、今回は情報収集をしっかりしてあり、万全の準備を整えてあった。

西側の城門にたどり着き、ルノは許可証を兵士に提示する。

「ふむ、確かに本物だな。通って良し‼」

「どうも」

「待て。一応は忠告しておくが、西の森には迂闊《うかつ》に近づくんじゃないぞ。あの森には赤毛熊が出るからな、気をつけろよ」

「あ、はい……ありがとうございます」

いつも失礼な南側の兵士とは違い、西側の兵士は良い人だった。ルノを心配して、いろいろ気づかってくれる。

ルノが頭を下げて通り過ぎると、城門付近にいた兵士達の話し声が聞こえてくる。

「なあ、おい。あいつ、もしかして報告にあった奴じゃないか」

「人違いだろう。例の少年とやらは初級魔術師だぞ？　あの立派な装備を見てみろ。退魔のローブなんて、一流の魔術師しか着られない。数日前にこの国を訪れたという子供が、あれほどの装備を身に着けられると思うか？」

「確かにその通りだな。あんな高級品を身に着けられるなんて、一流の冒険者以外にありえないか。その割には、杖の類《たぐい》を装備していないのが気になるが……」

「南門の奴等に聞いたんだが、最近、杖を使わずに魔物を倒しているすごい魔術師がいるらしいな。今通り過ぎたあいつがそうだとは思えないが……」

「そりゃすごいな。どちらにしても、例の報告書の子供のはずがないか」

レベルが上昇して聴覚《ちょうかく》も発達したのか、ルノは兵士達の会話を聞き取れた。もっといろいろ聞いてみたいと思ったが、ここで聞き耳を立てているのもおかしい。ルノはあまり気にしないことにして、西の森に向けて歩を進める。

「それにしても、まさか回復薬があんなに高いなんて……」

実は出発前に、ドルトンに回復薬の相場を聞いた。

ドルトンは、回復薬の値が高騰《こうとう》しているため、最低でも金貨単位でしか取引されていないと言って肩を落としていた。

金貨というと日本円で10万単位になる。これでは、現在のルノが購入するのは難しい。先日の治療代も宿代に追加されているので、今の彼は金欠《きんけつ》とまでは言わないが、だいぶ資金を消耗しているのだ。

何でも、帝国が回復薬を買い占《し》めたのが原因らしい。魔王軍との抗争《こうそう》が激しくなり、兵士の治療のために大量の回復薬を買い取っているようなのだ。そのおかげで、街の冒険者達は回復薬を購入できずに不満を抱いているとのことだった。

「だけど、逆にチャンスかもしれないな」

回復薬が高騰しているなら、調合本を頼りに作りだせば高く売れるかもしれない。彼はそう思い、この薬草採取を楽しみにもしていた。

「この草原には魔物がいないから楽でいいよな」

ルノは氷板《スケボ》を発動させると、森へ向けてスピードを上げる。先日の戦闘でレベルが20になり、氷板《スケボ》の移動速度が速くなった。それまで時速八十キロが限界だったが、現在は軽く時速百キロくらい出せる。

「おっ、やっと魔物らしき存在を発見」

草原を時速百キロの猛スピードで移動中、ルノはゴブリンを見つけた。

肌が赤いので普通のゴブリンではなく、おそらく亜種と思われる。彼は氷板《スケボ》の速度を落とし、ゴブリンに対し手を構えて回転氷刃《ヤイバ》を放った。

「ごめんねっ‼」

「ギィッ……⁉」

赤い肌のゴブリンの首が切り裂かれる。

ゴブリンの首が地面に転がると、ルノは死体に駆け寄り、再び回転氷刃《ヤイバ》を利用してその胸元を切り開いた。

「あ、やった」

手際よく経験石を回収して、小袋に収める。

普通のゴブリンの経験石よりも一回り大きく、その色は赤かった。倒したゴブリンが亜種だと判断したルノは、移動を再開した。

西の森に到着し、ルノは氷板《スケボ》から降りる。

ここから先は、徒歩で移動することにした。魔物が現れた場合のことを考え、周囲に回転氷刃《ヤイバ》を滞空させておく。

道に迷ったら氷板《スケボ》で上空に飛べば良いかな。ルノはそう考えて大胆《だいたん》に森の奥へ進み、薬草を探し回った。

調合本に書かれていた薬草の情報を思い返しながら、彼は樹木の根元に視線を向ける。

「薬草は大きな樹木の根元に生えやすいって書いてあったけど……お、これかな？」

さっそく、三日月の葉をした薬草を発見する。

調合本によれば、大半の人は根っこまで引き抜いてしまうが、調合に必要なのは葉の部分だけらしい。

ルノは茎の部分を切って、葉っぱだけを回収した。

「根を残しておけば二、三日で新しいのが生えてくるって書いてあったし。後はこれを日《ひ》干《ぼ》しするのか」

切り取った薬草の葉を三時間ほど日干しし、その後は磨《す》り潰して粉末状《ふんまつじょう》にするようだ。

後は、薬草一枚につきコップ一杯のお湯と組み合わせる。粉末が完全に溶けたら水が緑色になるので、自然に冷めるまで待つ。

その液体を水晶瓶に詰めれば、回復薬の完成である。

「上手くいけばこれ一つで金貨一枚くらいの価値になるのか……もう少し採っておこう」

薬草を袋の中にしまいながら、ルノは次々と樹木を調べていった。大体、樹木十本につき一本くらいの割合で薬草を発見していく。

一時間ほど経過した頃には、三十枚近くの薬草の葉を集めることができた。十分な量を採取したので、ルノは帝都に引き返すことを決める。

「これくらいあれば良いかな。魔物が出ると聞いてたけど、今のところ何も現れないな。まあ、別に魔物なんかと戦いたくはないんだけどさ」

いつの間にか彼は、森の随分と奥まで来ていたようだ。

帰路《きろ》の途中で、樹木に獣が爪で引っ掻いたような痕跡《こんせき》があるのを発見する。

「何だこれ……熊がやったのか？」

ルノは、門番から森には赤毛熊と呼ばれる魔物が生息していることを教わったのを思いだす。

彼の周囲にあるすべての樹木には、爪痕《つめあと》が刻まれていた。ルノは、自分が危険な場所に足を踏《ふ》み入れたことに気づく。

「まさかこれって……縄張《なわば》りを示しているのか？」

樹皮《じゅひ》に刻まれた爪痕を丹念《たんねん》に観察していると――

「ウガァアアアアアアアッ‼」

爆音のような雄叫びが周囲一帯に広がった。

ルノが声のしたほうに視線を向けると、樹木の隙間を潜り抜けながら何かが接近してくる。全身が赤色の体毛に覆われた巨大な熊だ。

体長は三メートルを超え、牙と爪からは血を垂《た》らしている。おそらく獲物を捕食《ほしょく》し終えたばかりなのだろう。

ルノは恐怖のあまり、身体をガチガチと震わせる。

「赤毛、熊……？」

「グガァアアアアッ‼」

彼の呟きに反応するように、赤毛熊は声を上げる。ルノは咄嗟に手のひらを構え、合成魔術を発動した。

「『白雷』‼」

「ガァアッ……‼」

白い電撃が衝突し、赤毛熊は身体を痺《しび》れさせた。

『白雷』は生物を麻痺させる性質がある。ルノは相手が動けない隙に、次の攻撃を仕掛けることにした。

彼は、自分の魔法の中でも最大火力の攻撃を繰りだす。

「『黒炎槍』‼」

「ッ――⁉」

黒い炎の槍が、赤毛熊の頭部に向けて放たれる。

火、闇、風の三つの属性に加え、強化スキルさえ発動させたその攻撃魔法は、赤毛熊の頭部を一瞬にして貫通。背後にあった巨大な樹木までも貫いた。

赤毛熊が、後ろ向きに倒れる。

「……あ、あれ？」

あまりにも呆気なく倒してしまったので、ルノは戸惑っていた。

本当に死んでいるのか確認すると、その顔面は完全に吹き飛ばされており、間違いなく死んでいるようだった。

「もしかしてそんなに強くない奴だったのかな……いやいや、そんな馬鹿なっ」

ルノはびくびくしつつも、回転氷刃《ヤイバ》を発現させる。周囲に血をまき散らして赤毛熊の胸を左右に開き、経験石を取りだす。

とても大きな経験石だった。ソフトボールよりも一回り大きく、両手で持ち上げるとかなりの重量がある。

「……そういえば、レベルはどれくらい上がったのかな」

さっそくステータスを確認してみると、ルノのレベルは28まで上がっていた。

「すごくヤバい奴だったんだよな……勝てて良かった」

呆気なく勝ってしまったが、彼はいろんな偶然《ぐうぜん》のおかげだと思った。もし先手《せんて》を取られて一度でも攻撃されていたら、また別の結果になっていただろう。

その後、ルノは森の中を進み、樹木に爪跡がないか注意深く確かめながら帰っていった。

×　×　×

黒猫旅館に戻ったルノは、さっそく回復薬の調合に挑戦してみることにした。

裏庭にやってくると、調合本片手に回復薬作りに取りかかる。

まずは、薬草の日干しだ。

『氷塊』で氷の机を作りだし、机の上に木製の板を設置。綺麗な布をかけたその上に、薬草の葉を一定の間隔を空《あ》けて載《の》せていく。『氷塊』の机はこのくらいでは溶けない。

しばらく干すと葉の緑が濃《こ》くなった。日干しを終えた後は、薬草を粉末になるまで磨り潰していく。

続いて、『火球』で鉄鍋に入れた水を沸《わ》かす。この際、人肌程度まで温めれば十分。逆に加熱しすぎないように注意する。

最後に、お湯をフラスコのような容器に移し、粉末状にした薬草を入れて掻き混ぜる。

後は冷めるまで待って、水晶瓶に移し替える。

「できた‼　けど、これでいいのかな」

ルノの目の前には、回復薬を入れた水晶瓶が三十本ほど並べられていた。一応、調合本通り作ってみたものの、飲んで確認しない限りは効果は分からない。

ルノは水晶瓶を手に取ると、蓋《ふた》を空《あ》けて匂いを確認する。お茶のような色合いだが、匂いは若干《じゃっかん》甘そうな感じがした。

彼はちょっぴり怖かったが、覚悟を決めて飲み込む。

「……ぷはぁっ‼　意外と喉《のど》越しすっきり‼」

一気に飲み干したが、味自体は悪くはなかった。メロンジュースを飲んだ時のような甘味が口の中に広がる。

直後、身体の疲れが一気に吹き飛んだ。

昨日、エリナに治療してもらったお腹と頬に変化を感じたので見てみると、初めから何もなかったように傷痕が消えていた。

「ということは……やった！　成功したんだ‼　あ、でも一瓶まるごと飲んじゃった」

仕方なかったとはいえ、金貨で取引されるような高級品を勢いで消費してしまった。残念だが、傷と体力を回復できたと考えることにした。

その後彼は、水晶瓶をすべて木箱に詰め込み、経験石の換金と回復薬の取り引きのため、ドルトンの質屋に向かった。

さっそくドルトンに、回復薬を調合したこと、その効果も確かめたことを説明し、買い取ってもらえないか尋ねる。

ドルトンは驚いていたが、ルノから渡された水晶瓶を見て表情を歪めた。

「ふむ、これが回復薬ですか。私の知っている物とはちょっと色が違いますな」

「え、そうなんですか」

「一本だけ持っていますが……少しお待ちください。すぐに持ってきますから」

ドルトンは店の奥に消え、回復薬を取って戻ってきた。

彼の言葉通り、ルノの回復薬とは微妙に違っていた。同じ緑色ではあったが、ドルトンが出してきたのは少々濁《にご》っている。

「これが市販されている回復薬です。大抵の怪我は治せるという優れ物だが、大きな負傷までは治せません。治療院が販売している聖水ならば、それも可能だそうですが」

「聖水？」

「回復薬に聖属性の魔力を付与《ふよ》させた物です。製造方法は不明ですが、聖水ならどんな怪我だろうと治すと言われていますな」

「へえ。ところで、俺の作った回復薬は色が薄いですね」

「ふむ。少し確認させてもらいますね。鑑定を使いますが、構いませんか？」

「あ、はい。鑑定？」

「物体の性質や特徴を調べることができる能力です。人や生物に使用した場合は、ステータスが視界に表示されるんです」

「へえ、どうぞ」

ルノは鑑定に興味を抱きつつ、ドルトンに回復薬を差しだす。

ドルトンは、二つの回復薬と見比べるように視線を向ける。すでにスキルを発動しているのか、ドルトンは何もない空間を読み込んでいるようだった。

ステータス画面が他の人に見えないように、ドルトンの視界にしか存在しない画面が現れているのだろう。

そう考えてルノが鑑定結果を待っていると、突然ドルトンが大きな声を上げる。

「こ、これは……!?」

「ど、どうかしました?」

「何という……いや、しかし……」

ドルトンはしばらく黙り込んでいたが、驚愕と興奮の混じった表情を浮かべて回復薬をコトリと置いた。

そして、冷静さを取り戻すように眼鏡をかけ直す。

「あの……」

「これは失礼しました。結論から言うと、ルノ様の回復薬は非常に素晴らしい物です」

「え？」

「よく聞いてください。私の所持している回復薬は、知り合いの優秀《ゆうしゅう》な冒険者が調合したんですが、ルノ様の薬のほうが遥《はる》かに高性能なんですよ。彼の薬の効能期限は半年に対し、ルノ様の回復薬は三年は保ちます」

「ええっ⁉」

「ルノ様の回復薬は、治療院の販売している回復薬にも劣らない薬効を誇ります‼　これならばすべて買い取らせていただきますよ‼　全部で金貨二十九枚……いえ、ここは三十枚でどうでしょうかっ！」

「えええっ⁉」

あまりにも予想外の展開に、ルノは大きな声を上げてしまった。

昨日までは、生活費を稼ぐために危険を冒《おか》してお金を稼いでいた。そんな自分が、金貨三十枚、日本円で換算すると３００万円という大金を得られたのだ。

「どうでしょうか？　不服《ふふく》ならもう少し買取金額に色を付けますが……」

「い、いやいや‼　結構です‼　その値段で十分ですよ‼」

「ありがとうございます‼　ああっ……これほど素晴らしい物ならば、買い取り手も数多《あまた》いるでしょう。それでは今から用意しますので、少々お待ちください」

「あ、すみません‼　その前に、経験石の換金もお願いしていいですか？」

「ほう？　今日も魔物を狩っていたのですか？」

上機嫌で木箱を店の奥へ運び込もうとしたドルトンを呼び止め、ルノは今日のうちに倒したゴブリン亜種と赤毛熊の経験石を机に載せる。

ドルトンは、いつも通りに経験石を確認しようとしたが――二つの経験石を見た瞬間に、目を見開く。

「こ、これは……ま、まさかっ⁉　赤毛熊ではないですかっ⁉」

「あ、はい……その、薬草を探しているうちに、いつの間にか森の奥まで行ってしまったみたいで……それで、その遭遇したので、結局は倒しちゃったというか……」

「倒したっ⁉　あの巨獣をっ⁉」

ドルトンは信じられないといった表情を浮かべる。

彼の知っている赤毛熊という存在は非常に危険な魔物だ。遭遇すれば、一流の冒険者でも命はないと言われている。

実際、数年前に一頭の赤毛熊が起こした、帝国全土を巻き込む大事件があった。

事の発端《ほったん》は、新人冒険者が捕食されたこと。

それで人の味を覚えた赤毛熊は森を抜けだし、近辺の村に侵入《しんにゅう》。数十人の一般人を殺害した。

帝国は、数百名の兵士を赤毛熊討伐のために送り込んだが、結果は散々なものとなった。

槍も斧も赤毛熊の肉体に通じず、逆に赤毛熊の一撃でほとんどの兵士が命を落としたのだ。

追い込まれた帝国は、冒険者ギルド所属の冒険者達の助けを求めた。

百戦錬磨《ひゃくせんれんま》の冒険者等は、赤毛熊を討伐するために入念《にゅうねん》な罠《わな》を仕掛け、魔術師集団が砲撃魔法を浴びせ――ようやく止《とど》めを刺せたのだという。

赤毛熊はそんな恐ろしい存在だというのに、ルノは一人で誰の力も借りず、討伐したと説明した。

ドルトンは頭を抱えつつ言う。

「信じられませんが、確かにこれは赤毛熊の経験石ですな」

「えっと、もしかして買い取ってもらえないんですか？」

「いえ、もちろん買い取らせていただきます。しかし、あの魔物を打ち倒す人間がいるとは……」

震える両手で、ドルトンはルノから赤毛熊の経験石を受け取った。

すぐに鑑定の能力を発動させて、本物だと確かめる。あの化け物の経験石であることは間違いない。

ドルトンは冷や汗を流して尋ねる。

「こ、この経験石はどのような経緯で手に入れたのか、伺《うかが》っても構いませんか？」

「えっと……森で遭遇した時に魔法で倒しました」

「遭遇？　……ということは、罠の類《たぐい》を仕掛けていたわけではないと？」

「はい。まあ、最初はびっくりしましたけど、雷属性の魔法で攻撃して、相手が動けない隙を狙って、火属性の魔法で止《とど》めを刺した……という感じですかね」

「そんな馬鹿な……赤毛熊は火属性の耐性があるのに、火属性の魔法で止《とど》めを刺したのですかっ⁉」

「へえ、そうなんですか？　実際に倒しましたし……あ、でも火属性じゃないのかな」

ルノの言葉に、ドルトンは激しく動揺する。

ルノのことを疑うわけではないが、簡単に信じられる内容ではない。とはいえ、実際に赤毛熊の経験石を持ち込んだことは事実。

ドルトンは、目の前の少年がどれほどの力を有しているのか気になった。

「し、失礼ですが、ルノ様。ルノ様のレベルと職業をお教えいただけませんか？」

「えっ……？」

「いや、私としても、赤毛熊を打ち倒したというルノ様の力が気になりまして……できればでいいので、お教えいただきたいのですが……」

「そうですか……えっと、笑わないでくださいね？」

「……？」

ルノはドルトンに、自分がこの帝国では最弱職と呼ばれる初級魔術師であること、それとまだレベルが28に達したばかりであることを伝える。

ドルトンはますます混乱し、頭を振り乱した。

「初級魔術師？　それにレベルが28……!?」

「レベルは一応、ここ数日でだいぶ上げたつもりなんですけど……」

「お、お待ちください‼　頭を整理しますので……」

あまりにも混乱を招《まね》く情報ばかり与えられ、ドルトンは本当におかしくなりそうだった。

彼は冷静さを取り戻すため、自分が元々所有していた回復薬を飲み物代わりに飲んだ。

その苦みと喉越しの悪さから、彼は顔を歪める。

だが逆にそれが幸いして、気分を落ち着かせることができた。

「ふうっ……失礼。それでは念のためにもう一度だけお尋ねしますが、本当にルノ様はレベルが28の初級魔術師なのですか？」

「ええ、まあ……一応は」

「そうですか……先ほど最近になってレベルを上げたとおっしゃいましたが、それでは、私と出会ったばかりの頃はどれほどのレベルだったのですか？」

ルノは平然と答える。

「レベル1です」

「……申し訳ありません、私の耳がおかしくなければ、レベル1だと聞こえたのですが」

「レベル1です。間違っていません」

「…………」

キョトンとした顔をするルノに、ドルトンはからかわれているのではないかと考えてしまう。

ルノがそういうことをする人間ではないと分かるが、それでも簡単に信じられる話ではなかった。

「では、ルノ様が言われたことを繰り返しますが……私と出会った時のレベルは1だった。間違いないですか?」

「はい」

「それで、貴方はここ最近は草原に繰りだして魔物を狩り、経験石を採取する際にレベルも上げていたということですか?」

「そうなりますね」

「……そして今日、赤毛熊を倒したことでレベルが28まで上昇し、私の店を訪ねた、ということになりますが……」

「その通りです」

「ありえない……」

ドルトンはそう口にすると、深いため息を吐きだした。

彼の常識では、ルノの話が現実に起きることはない。いくら強力な魔物を倒し続けたとしても、ほんの数日でレベルが1から28に上昇するはずがないのだ。

そもそも魔術師は、レベル上げに大量の経験値を必要とする職業。

魔術師は初期から高い能力を有している代わりに、レベルの上昇率が悪い。

普通、魔術師がレベル1の状態から28にまで上昇させるには、最低でも一、二か月の月日を費《つい》やす。

それに、急激にレベルを上昇させると、成長痛という現象が生じる。どんな人間であっても、ルノが言ったようなレベルの上がり方はありえないのだが……

混乱のあまり会話不能になったドルトンを放置して、ルノは質屋を後にした。金貨が四十枚入った小袋を腰に付け、急ぎ足で黒猫旅館に向かう。


回復薬だけで金貨三十枚、さらに赤毛熊とゴブリン亜種の換金で金貨十枚も受け取った彼は、急いで歩いていた。

「日本円で400万円も手に入るなんて！　これでしばらくの間は魔物狩りはしなくてもいいかも」

買い取ってくれたドルトンに感謝しながらも、ルノは彼の様子がおかしかったことに疑問を抱く。

「だけど、ドルトンさんは少し変だったな……疲れてたのかな？」

そうしてルノが街道を進んでいると、路地裏から女が声をかけてくる。

「ねえねえ、そこの可愛い坊や」

ルノが視線を向けると、そこには若くて美しい女がいた。

女が向けてくる笑みは吸い込まれそうになるほど美しかったが、ルノは彼女の声を耳にした途端《とたん》、妙な違和感を覚えた。

「どうかしたの？　私の顔をじっと見て……私の顔に、何か付いてるかしら？」

「あ、いえ」

「うふふっ、可愛い坊やね。少しお話ししない？」

「あっ、そのっ……」

その瞬間、ルノは女の言葉に逆らえなくなった。

彼は無意識に路地裏に足を向ける。

どうして、自分がそのような行動を取ったのか分からない。だが、彼女を見ているだけで胸の鼓動《こどう》が高鳴り、視線を外せない。

外見は魅力的《みりょくてき》で、言動は優しげ。そう感じる一方で、なぜか彼女の言葉を聞いているだけで、ルノは言いようのない恐怖に襲われた。この女性を信用してはいけない、そう本能が危険信号を発している。

だが、ルノの肉体は言うことを聞かない。

「……どうしてそんな顔をするの？　お姉さん、怖がらせちゃったかしら？」

「えっと、そのっ……」

「うふふ、照れているだけよね」

女の髪は金色で、目は赤かった。ローブで身体が覆い隠されているが、服の上からでも大きな胸をしているのが分かる。

ルノの思考は、彼女に見つめられるだけで惑《まど》わされてしまうようだった。その一方で、彼女の声には異様な悪意が感じられる。

ルノは、彼女の瞳が異様に怪しい輝きを放っていることに気づく。

「……どうかしたのかしら？　本当に顔色が悪いわよ？」

「あ、いえっ……」

女は心配した表情を浮かべ、彼に優しく語りかける。

それでも女がルノに対して良からぬ考えを抱いているのは確かだった。

《魅了耐性のスキルを修得しました》

「え？」

「……？」

唐突に、ルノの視界に画面が表示された。

先ほどまで、女性に見つめられているだけで身体が動かなかったが、画面が出現した瞬間、自由になった。

ルノはこれ以上この場に残るのは危険と判断して逃げだす。

「ご、ごめんなさいっ!!」

「あ、ちょっと!?」

離れようとするルノに対して、女は驚いた声を上げる。彼女は、人通りの多い街道に戻ってしまったルノを目で追いかけながら舌打ちする。

「──逃げられたわね」

女は深いため息を吐きだす。

彼女の目的は、本当に話をしたかったわけでもなければ金銭でもない。若い人間の男の身体を求めていた。

ルノに逃げられ、絶好《ぜっこう》の獲物を逃してしまったのだ。

「最初から警戒されていたわね。どうしてかしら？　それに私の瞳に魅入《みい》られないなんて……普通の人間じゃなかったの？」

彼女は懐から手鏡を取りだし、自分の顔を確認する。

おかしい点は見られない。

上手く人間に化けられており、正体に気づかれるはずはなかった。

「少し気になるわね……そういえばあの子、どこの国から来たのかしら？」

ルノは帝国では珍しい黒髪と黒目の少年、しかも高級品である退魔のローブを身に着けている。それで女は興味を抱いたのだが……結果、逃げられてしまった。

女は悔しそうに歯を食い縛る。

その犬歯《けんし》は異様なまでに鋭く尖っていた。人間の精気《せいき》を糧《かて》とするその吸血鬼は、次なる獲物を探すのだった。

×　×　×

女から逃げてきたルノは、迷子《まいご》になったことに気づく。

彼は街中を必死に走ってきて、これまで訪れたことがないような人通りが少ない場所にたどり着いていた。

明らかに柄《がら》の悪い人間が多い。中には、ルノに怪しい目つきを向けてくる者もいた。

ローブを羽織《はお》った怪しげな男が近づいてきて、ルノに萎《しな》びた林檎《りんご》を差しだしてくる。

「ひっひっひっ……兄ちゃん、買ってくれないかい？」

「いや、いらない」

「ちっ‼　後で欲しいと言ってもやらねえぞっ‼　魔術師みたいな格好しやがって‼」

突然大声を上げた男に、ルノはひっそりと返答する。

「あの、格好も何も、俺は魔術師ですけど……」

「へっ⁉　す、すす、すみませんでしたぁっ‼」

男は慌てて去っていった。

ルノはその後ろ姿を見送りながら、随分まずい場所に来てしまったと思った。

面倒な人に絡《から》まれる前にこの場を離れなければ……そう考えたが、そもそもどうやってここまで来たのか覚えていないので、帰り道が分からなかった。

「そういえばさっき変なのが出てたな……」

ルノは歩きながらそう呟くと、ステータス画面を開いた。新しく追加されていた技能スキル『魅了耐性』を確認する。

魅了耐性――魅了《チャーム》のような魔法や能力に対して耐性を身に付ける。

どうしてこのスキルを獲得できたのか、彼は考察してみることにした。

先ほどの女性とのやり取りを思いだしてみる。

彼女に見つめられた瞬間、ルノの身体は自由が利《き》かなくなった。が、このスキルを身に付けた瞬間、急に動けるようになった。

「俺が抵抗したから手に入ったのか？」

あの時、ルノはずっと彼女の魅了《チャーム》に晒されていたが、抵抗し続けていたら急に獲得できたのだ。それが要因だったのかもしれない。

「耐性という部分が気になるな。完全に無効化するわけじゃないにしても……それでも抗《あらが》える力を手に入れたことに変わりはないか」

「おい‼　ぶつぶつうるせえぞ‼　殺されてえのか、てめえっ‼」

「あ、すみません。謝りますから……ナイフを向けるのやめてくれませんか？　……魔法で吹き飛ばしますよ」

「い、いや、分かればいいんだよ……」

自分に絡んでこようとしたナイフ男を、ルノは凄《すご》みを利かせてあしらう。

様々な魔物と戦い続け、命の危機を乗り越えたため度胸《どきょう》が付いており、彼は今さら人間程度に恐怖を感じなくなっていた。

「レベルを上げてもスキルは覚えないようだし、さっきみたいに何か条件を満たさないと、スキルは覚えられないのかな」

今度は瘦《や》せ細った老人が近づいてくる。老人は両手を震わせながら差しだしてきた。

「ううっ……そこのお兄さん、貧しい儂等に何か恵んでください」

「じゃあ、これで何か食べてください」

ルノは小袋から銀貨十数枚を取りだすと、無理やり握らせた。

「ありが……えっ!?　こ、こんなに!?　あ、ありがとうございます!!」

呆気に取られる老人の横をやり過ごし、ルノは考え続ける。

「スキルを覚えるにはどうすればいいんだろう……手っ取り早く覚える方法はないのかな」

今度は、大男がルノを怒鳴《どな》りつけてくる。

「おい、ガキィッ!!　金目の物があるなら全部置いていきなぁっ!!」

「『風圧』」

「ぎゃあああああっ!?」

ルノは風属性の魔力を放出して、男を吹き飛ばした。

今さらだが、強化スキル『暴風』の解除を忘れていた。結果、男を派手に吹き飛ばしてしまったが、特に気にせずに先を急ぐ。

「う～んっ……さっきみたいな人に絡まれたら困るな。意識がはっきりとしていないと、魔法も扱えないし、もっとスキルを覚えておきたいな」

「て、てめえっ!!　よくも兄貴をっ!!」

「ああ、もう‼　考え事しているんだから、邪魔しないでくださいっ‼」

「ひぃっ⁉　す、すみませんっ‼」

吹き飛ばした大男の配下と思われる人まで怒鳴りつけてくるが、ルノが怒鳴り返すと一目散に逃げだしていった。

しばらくそんなふうにして歩き、気づいた時には、ルノは見覚えのある場所まで戻ってきていた。

彼はそのまま黒猫旅館に帰っていった。

8

翌日、ルノは早朝から西の森に来ていた。

目的は薬草採取の他に、解毒薬の調合に必要な解毒草を探すためである。

「お、これが解毒草だな」

さっそく、調合本に書かれていた解毒草を発見する。

解毒草が生える場所は、薬草のように樹木の根元ではない。川や泉のような水源が近い場所に生えやすいらしい。

ルノは森の中に流れる小川を発見すると、川を遡《さかのぼ》って解毒草の採取をした。

ちなみに解毒草は紫色の花で、花びらを日干しして磨り潰し、回復薬と混ぜれば解毒薬は完成する。現在の帝都では回復薬が高騰しているが、解毒薬も通常時の二倍近くの値段に跳《は》ね上がっているようだ。

「これだけ摘《つ》めればいいかな」

《技能スキル『採取』を修得しました》

「あれ？　なんかまた勝手にスキルを覚えた」

特別なことをしていたわけでもないのに、ルノの視界に新しいスキルを修得した画面が表示される。確認すると、様々な素材の回収率が上昇するスキルだと判明した。昨日と今日で野草を採取していたので覚えられたようだ。

「素材採取が捗《はかど》りそうなスキルだな。なるほど、こんなことでもスキルは修得できるのか……じゃあ、調合ばっかりやっていたらそのスキルも覚えられるのかな？」

ルノは移動を再開する。採取スキルの効果なのか、帰りの際にも偶然に見落としていた解毒草や薬草を発見した。

森を出た時には、薬草と解毒草で袋はいっぱいになっていた。

魔物が出ないこの西の草原で調合をしてみることにして、ルノは鼻歌を歌いながら準備を行っていく。

「『土塊』『氷塊』‼」

邪魔されないように、『土塊』で四方に土壁を形成する。その後、『氷塊』で土壁の表面を凍結《とうけつ》させて硬度《こうど》を上昇させた。

この壁に囲まれた空間で、調合を行うのだ。

まずは『氷塊』で机を作りだし、採取した解毒草の花びらを丁寧に並べる。

「後は、これを一時間干せばいいんだな。その間、風で飛ばされないように見守るのが面倒だな……」

机の上の花びらが飛ばされないように注意しながら、ルノは地道に一時間も観察を続け、十分な時間を日干しした。

今度は、擂鉢《すりばち》ですべての花びらを粉末状になるまで磨り潰す。

「これでよし、次は回復薬だな……」

解毒薬と同時に回復薬の準備も行っており、彼は薬草からでき上がった回復液と解毒薬の粉末を混ぜ合わせ、最後に『火球』で鍋に移した液体を一時間ほど弱火で加熱する。

これで、解毒薬の原液が完成する。熱が冷めるまで待った後に、水晶瓶に移し替えた。

回復薬は緑色で、解毒薬は紫色だ。

ルノは完成した解毒薬を覗《のぞ》き込む。

「なんかちょっと色が薄いような気がするけど……一応はこれで完成かな。確か毒以外に軽い病気にも効果があるんだっけ？」

彼は完成した二十本の解毒薬をリュックに戻す。その時ふと、壁の外が騒がしいことに気づく。

「……何だ？」

西の森の周辺の草原では、滅多に魔物と遭遇しないはず。そう疑問を抱いた彼が、氷板《スケボ》を発動して飛翔《ひしょう》しようとした瞬間——壁に強い衝撃が走る。

「うわっ⁉」

「キュロロロロッ‼」

壁の外から奇妙な鳴き声が聞こえた。

外から土壁を殴りつけているらしく、何度も衝撃が走る。やがて壁の一部が壊れ、ルノの目の前に青い腕が現れる。

「キュロォッ‼」

「何だっ⁉」

全身青い鱗《うろこ》で覆われた一つ目の巨人だ。

赤毛熊ほど大きな体格の人型の魔物が出現したことに、ルノは激しく動揺してしまう。慌てた彼は反対側の壁際まで後ずさる。

青い巨人はのっそりと壁の中に入ってきて、ルノにゆっくりと近づいていく。

「キュロロロロッ……‼」

「くっ……‼」

咄嗟に彼が手を構えると、巨人は立ち止まった。

巨人は、ルノが警戒していることに気づいたのか、頭をポリポリと掻くような仕草《しぐさ》をする。同時にお腹の音が鳴り響く。

グゥウウウッ……‼

「キュロロッ……」

「えっ？」

巨人はその場に座り込んでしまった。

ルノは戸惑っていた。壁を破壊して侵入してきたにもかかわらず、巨人からは敵意は感じられない。巨人は疲れた様子で項垂《うなだ》れている。

ルノは恐る恐る尋ねる。

「お、お腹空《す》いているのか？」

「キュロンッ‼」

人間の言葉を理解できるのか、巨人は頷いた。ルノは背負っているリュックに視線を向け、朝食用に果物を持ってきてあったことを思いだす。

「こ、これ食べる？」

「キュロロッ？」

リュックから果物を取りだすと、巨人は不思議そうに視線を向ける。

ルノは果物を差しだして、食べるように促す。巨人は大きな手を伸ばして受け取り、巨大な指先を器用に使って、果物を口に持っていった。

巨人が果物を美味しそうに咀嚼《そしゃく》する。

「お腹が減《へ》って……暴れていたのか」

「キュロッ‼」

「え？　も、もっと欲しいの？」

巨人が再び手のひらを差しだすので、仕方なくルノはリュックの中に入っていた食料をすべて渡した。巨人は嬉しそうに食事をした。

ルノは今のうちに逃げるべきかと考える。足元に氷板《スケボ》を発動させて、移動の準備を行おうとした時――彼の頭上から黒色の影が舞い降りた。

「ガァアアアッ‼」

「うわっ⁉」

壁を乗り越えて現れたのは、ルノが以前に遭遇した黒い毛のコボルトの亜種だった。

コボルトの亜種は今にも飛び立とうとしていたルノに飛びつくと、そのまま彼を地面に押し倒した。そして、片足で背中のリュックごとルノを押さえつけて、腕を振りかざす。

「ウガァアアアッ‼」

「っ……⁉」

「キュロロッ‼」

コボルトの亜種がルノに向けて爪を突き立てようとした瞬間――一つ目の巨人がコボルトの亜種を激しく殴り飛ばした。

「ギャヒンッ⁉」

壁に叩きつけられるコボルトの亜種。ルノは呆気に取られるが、巨人は壁際に吹き飛んだコボルトの亜種に近づき、巨大な右足で踏みつける。

「キュロォッ‼」

「ウガァッ……⁉」

コボルトの亜種は圧倒的な力の差に、対抗することができない。巨人はコボルトの亜種を掴むと、力ずくで振り回し、破壊した壁に向けて放り投げた。

「キュロロロロッ‼」

「ガアアアッ……⁉」

「あっ」

コボルトの亜種は、数メートルほど飛んで地面に叩きつけられた。

ルノは目の前で繰り広げられた光景に唖然としながらも、一つ目の巨人が自分を助けてくれたことに気づく。

「あ、ありがとう……」

「キュロロッ」

気にするな、とばかりに巨人は手を振る。巨人は崩壊《ほうかい》した壁から外に出て、そのまま立ち去っていった。ルノはその姿を呆然と見送っていた。

それから彼は、不意打ちを受けてしまった自分の不甲斐《ふがい》なさにため息を吐く。

「はあっ……レベルが上がっていたせいで油断していたかな……」

両頬を叩いて気合《きあい》を入れ直す。

今後は、周囲の警戒を怠《おこた》らないように気をつけようと誓い、ふと思いだしように、背中のリュックを覗き込む。

「良かった。壊れてないや」

コボルトの亜種に背中を踏みつけられた時に、解毒薬や調合器具が破壊されたのではないかと不安を抱いたが、特に問題はなかった。

ルノは帝都に引き返そうとしたが、ふと巨人に倒されたコボルトの亜種に視線を向ける。

「…………」

彼は黙ってそちらに近づくと、その死骸に向けて手のひらを構えた――

×　×　×

それから一時間後。

ルノはドルトンの店に、解毒薬とコボルトの亜種の経験石を持ち込んでいた。

ドルトンは、いつにも増して驚いている。

「ルノ様……申し訳ありませんが、もう私の店では、薬と経験石の買い取りはできないかもしれません」

「えっ⁉」

「正直に申し上げますと、ルノ様から買い取った経験石と薬品を捌《さば》ききれていないのです……無論、ルノ様の品物はすべて時間をかければ、大きな利益を生みだすことは間違いありません。ですが、こんな短期間で持ち込んでこられると……」

申し訳なさそうに言うドルトンに、ルノは頷いて告げる。

「そうですか……分かりました」

「申し訳ありません……ですが、経験石の換金は冒険者ギルドでも行えます、この際、ルノ様も冒険者を目指したらどうでしょうか？」

「冒険者……あっ‼」

ドルトンの何気《なにげ》ない言葉に、ルノは自分が冒険者を目指していたことを思いだす。

最近、魔物狩りで生活費を賄えていたので忘れていたが、彼の当初の目的はレベルを上げることである。そして冒険者の試験を受け、冒険者ギルドに加入することを目標にしていたのだ。

ルノは急に不安になって、ドルトンに尋ねる。

「でも、初級魔術師の人間が冒険者になれるんですか？」

「確かに前例はありません。ですが、禁じられているわけでもないのです。もし不安でしたら、私から推薦状《すいせんじょう》を書きましょうか？」

「え、いいんですか？」

「もちろんです。それでは今から用意しますので、少しお待ちください」

その場でドルトンは冒険者ギルドへの推薦状を書き上げ、手渡してくれた。ルノはありがたく受け取ると、さっそく向かうべくその場所を尋ねる。

「冒険者ギルドって、どこにあるんですか？」

「南側の城門の近くに存在します。建物の特徴は――」

ルノはドルトンに礼を告げ、ようやく念願のギルドに向かった。


「うわ、すごいな……こんなに大きいのか」

冒険者ギルドの建物の前に立ったルノは、その外見に圧倒されていた。ルノが前の世界で通っていた学校の校舎並みに巨大な建物だ。

ルノは緊張《きんちょう》しながら、ゆっくりと扉を開く。中には大勢の人間がおり、酒場もあるらしい。昼間にもかかわらずに、飲酒している者もいた。

何人かが、ルノに気づいてじろじろと視線を向ける。

「ん？　何だあいつ？　見かけない奴だな」

「ちょっと可愛いじゃない。お姉さんの好みのタイプだわ」

「でも、あれって退魔のローブじゃない？　もしかして別の街の冒険者かしら？」

ルノはそうした視線を気にすることなく受付に向かう。そして、ドルトンから渡された推薦状を片手に、受付嬢《じょう》に話しかける。

「あの……」

「ようこそ冒険者ギルドへ。お仕事の依頼ですか？」

「いえ、冒険者になりたいんですけど……」

「それでは、こちらへ自分の職業と名前、それと現在のレベルと、得意とするスキル等を記入してください」

「推薦状をもらっているんですけど……」

「え、推薦状ですか？　分かりました。こちらで確認します」

ルノが推薦状を渡すと、彼女はざっと読んで、困惑した表情を浮かべた。そして戸惑いながらも尋ねてくる。

「あの……貴方の職業は、初級魔術師で間違いないんですか？」

「はい」

「えっと……しょ、少々お待ちください。ギルドマスターに報告してきますので」

「えっ……？」

推薦状には、ルノが初級魔術師であること、そして彼が数日の間に様々な魔物の経験石を入手してドルトンの店に持ち込んだこと、回復薬を調合できる技術も持っていることなどが記されていた。

受付嬢は自分では対応が難しいと判断し、ギルドマスターを呼びに行ったのだった。

数分後、受付嬢を従えた森人族《エルフ》の美しい女性が現れる。

外見は十代後半くらいに見えるが、森人族《エルフ》は人間の六、七倍の寿命《じゅみょう》を持つ。そのため、実年齢は外見相応とは限らず、実際に彼女はこの街で四十年以上もギルドマスターを務《つと》めていた。

ギルドマスターがルノに向かって言う。

「初めまして。私がこの街の冒険者ギルドのギルドマスターのアイラだ」

「あ、どうも」

「君のことは以前からドルトンに聞いている。そして最近、草原のほうで変わった魔法を扱う魔術師がいるという噂も聞いていたが……君に心当たりはないか？」

「えっと、すみません、言っていることがよく分からないのですが」

「まあいい。ここで話すのもなんだな。君が冒険者の資格があるのか見極《みきわ》めるのも兼ねて、三番の訓練場に案内しよう。アミル、鍵を用意してくれ」

「あ、はい、分かりました」

アイラはアミルに指示を与えると、自ら案内に立った。

ギルド内には、複数の訓練場が建造されているが、ルノが連れてこられたのは魔術師の試験用の特別な訓練場である。

訓練場には、三つの人形が用意されており、木造人形、石造人形、最後は金属製の鎧と兜《かぶと》を着けた人形だった。

アイラは人形から十メートルほど離れた場所にルノを移動させ、説明を始める。

「今から実技試験を行う。人形に対して攻撃魔法を発動してくれ」

「あの人形にですか？」

「左は、魔法耐性のある世界樹《せかいじゅ》の素材で作られた木造人形。中央は、物理耐性が高い鬼岩《きがん》石《せき》製の石造人形。最後は、ミスリル製の鎧と兜を着けた普通の木材の人形。この三つのうち一つでも破壊できれば合格だ」

「え？　一つでいいんですか？」

「ただし、攻撃できるのは三回だけ。欲張って三つの人形の破壊を試みても、堅実に一つの人形に絞《しぼ》ってもいい」

「はあ……」

「ところで、君は今日は杖を持ってきていないのか？　まさか杖や魔石もなしに、魔法を使用するつもりじゃないと思うが……」

アイラは、魔術師にもかかわらず杖の類を装備していないルノに疑問を抱く。

だが、ルノはすでに人形をどのような手段で破壊するのか考えており、木造人形に視線を向けていた。ルノはアイラに尋ねる。

「あの……もう試験は始まってるんですか？」

「あ、ああ……始めても構わないが」

「分かりました」

許可を得たルノは、さっそく手のひらを木造人形に向け、意識を集中させる。そして合成魔術の中で最大火力を誇る攻撃魔法を放った。

「『黒炎槍』‼」

「なっ⁉」

黒い炎の槍が放たれ、魔法耐性が高いはずの木造人形を一瞬で炭にしてしまった。

アイラは目を見開く。

続いて、ルノは隣の石造の人形に視線を向け、一角兎との戦闘で思いついた、新しい魔法を使う。

「えっと……こんな感じかな」

「な、何をする気だっ……⁉」

ルノは両手を構えて『氷塊』を発動する。

作り上げたのは、一メートルを超える氷の塊である。それを一角兎の亜種の攻撃を参考に、ドリルのような形状にして回転させて——一気に放った。

「てりゃっ‼」

「うわっ⁉」

氷のドリルは削岩機《さくがんき》のように人形を粉々《こなごな》にした。

それでも勢いは止まらず、危うく人形の後方にあった壁に刺さりそうになり、慌ててルノは回転を停止させた。

「おっと、危ない……でも、これで良いんですよね？」

「え、いや……」

無事に二つの人形を破壊したルノは、アイラに顔を向ける。アイラは目の前で何が起きたのか理解できずにいた。

ルノは最後の人形を見る。それは青く光り輝く、この世界特有の金属の鎧を着ていた。どのように攻撃すべきか、彼は人形を観察する。

鎧はともかく人形自体は普通の木材で作られているという言葉を思いだし、ここに攻略のヒントが隠されているのではないかと考えた。

「……あ、そういうことか。『火球』」

「えっ……？」

未だに呆然としているアイラの目の前で、ルノは『火球』を発動し、指先を動かして最後の人形に近づけた。

兜の隙間から火の球を侵入させる。人形が内部から発火すると、数秒後には全体が燃え広がり、やがて崩れ落ちた。

ルノは笑みを浮かべて、アイラに告げる。

「アイラさん、これですべての人形を崩しましたよ」

「あ、ああ……そうだな」

ルノは、アイラが「人形を破壊すれば合格」と言ったのを覚えていた。そのため別に人形が装備している鎧や兜を破壊する必要はないと考え、『火球』を使ったのだ。

「これで、実技試験は合格なんですか？」

「あ、ああ……文句なしの合格だ。ちなみに、聞きたいことがあるんだが……君の職業は本当に初級魔術師なのか？」

「え？　そうですけど……」

「信じられないな。それならさっきの魔法はいったい何なんだ？　あんなにすごい魔法を使える初級魔術師なんて聞いたことがない。あれは砲撃魔法じゃないのか？」

「違いますよ。あれは初級魔法を応用して……」

アイラの質問に、ルノは自分がどのような原理で魔法を使用しているのか説明する。

彼女は彼の話を聞き終えても、俄《にわ》かには信じられなかった。また理屈を教えられても、他の魔術師が同じような芸当をできるとは思えなかった。

×　×　×

実技試験を終えたルノは、普段はギルドマスターしか立ち入ることが許されていないギルド長室に案内された。

実技試験の結果が発表される前に――最後の試験を言い渡される。

「これを見てくれ」

「これは……」

「帝都の住民からの依頼書だ。最近、この地域には生息していないはずの種の魔物が出現するようになっているんだ」

アイラによると、原因は不明だが帝都を囲む草原で魔物が大量発生しているらしい。それも、本来なら棲《す》み着くはずがない種が現れているという。

特に、北の草原に一角兎が大量発生したことで、旅人や商団が帝都へ入れずに困っているとのことだった。

「我々も一角兎の討伐を試みているが、多すぎて対処しきれていない。奴等は身体が小さく、コボルトのように素早いから攻撃を当てにくい。さらに、その角は鉄製の鎧だろうと貫通する。そのせいで階級が低い冒険者では敵《かな》わず、こちらも困っている」

「階級？」

ルノは初めて聞いたその言葉に首を傾げる。

「ん、ああっ……冒険者は実力に応じて、階級が振り分けられているんだ。最高位がS級、後はA～F級が存在する。そして大抵の新人冒険者はF級だ」

「ということは、俺が合格したらF級から始まるんですか？」

「そうとも限らない。もし試験で高い評価を得れば、一気にA級になることもある。実際、過去にいきなりA級冒険者に合格した者も三人いたらしい。私の代では、C級冒険者に合格した者が二、三人いる程度だけどね」

ルノは渡された依頼書を見て、大勢の人が一角兎に困っていることを知り、自分も草原で危うく殺されかけたことを思いだす。

だが、あの時よりもルノはレベルが上がり、装備も整えている。今なら、一角兎の群れであろうと対処できるはずだ。

ルノはアイラに尋ねる。

「あの……」

「察しの通り、君にこの依頼を引き受けてもらいたい。君はまだ冒険者ではないが、特別試験ということで任せたいのだ。今から三日間、君には一角兎の討伐を行ってもらう。最低でも十匹は狩らないと合格とは認めない」

アイラは依頼書をルノから回収すると、机の上に七つの宝石を置いた。

　宝石の表面には、六芒星《ろくぼうせい》のような物が刻まれていた。ルノはすぐに、それが魔石だと気づく。

「この魔石は自由に使っていい。一角兎の討伐期間中に限るがな。魔法の補助として使用してもいいし、売って金に代えても構わない。ただし、指定数の魔物を倒せなければ、代金は請求させてもらう」

「えっと、一角兎を倒したらどうやって証明するんですか？　経験石を持ち込めばいいんですか？」

「そうだ。依頼分の経験石は換金できないが、指定数以上になれば換金してやる。依頼分の経験石は試験料だと考えてくれ」

「指定数以上の経験石を持ち込めば、評価も上がりますか？」

「当然だ。まああの強敵を相手に、君がどう対処するのか楽しみに待っているよ。あと、一角兎の肉は美味だから、持ち込んでくれれば、ギルドのほうで換金する」

「なるほど、分かりました」

　ルノは机の上に置いてある魔石を受け取って、小袋に入れようとした。それを見たアイラが、不思議そうに尋ねる。

「もしかして、君は収納石《しゅうのうせき》を持っていないのかい？　値は張るかもしれないが、それでも荷物の持ち運びの時には便利だから、持っておいたほうが良いよ」

「え？　収納石？」

「まさか、収納石を知らないのかい？　驚いたな。収納石は闇属性の魔石を加工して作られた魔道具さ。異空間に物体を収められるんだ」

「そんなすごい物があるんですか⁉」

「ああ、異空間に収納すれば物は腐《くさ》らないし、生物以外なら大抵の物を収納できる。ただし、固形でない物は異空間に入れられない。また、収納石の質によって制限重量が異なる。滅多に壊れることはないが、壊れると異空間に預けた物は強制的に放出されるから気をつけないといけない」

「へえっ、それって、ドルトンさんのお店とかで売ってるんですか？」

「人気の品だから、扱っていたとしても、売り切れている可能性があるな。そうだ、私の収納石を一つ貸そう。新しい収納石を買うまでの間は貸してあげるよ」

アイラはそう言うと、抽斗《ひきだし》から黒い宝石の付いたブレスレットを出し、ルノに渡す。ブレスレットを不思議そうに見つめるルノに、アイラは装着するように促す。

「どちらかの腕に嵌《は》めてごらん。使用する時はこう言うんだ……吸収《アブソーブ》とね」

「えっと……吸収《アブソーブ》‼」

「いや、そんなに気合を入れて叫ばなくてもいいんだよ？」

ブレスレットに向けて、ルノが呪文を唱えた途端——腕に、黒い渦巻が発生した。渦巻の中心は異空間と繋《つな》がっている。

　無事、魔道具の発動に成功したらしい。

「その渦の中に物を入れれば、異空間に預けられるよ。ちなみに、渦の大きさは使用者の意思で自由に変えられるから、穴が小さくて入らない事態には陥らないはずだよ」

「なるほど。ところで、何か変な気分ですね」

「まあ、魔石である以上、使用中は魔力を消耗するからね。ほら、試しにこれを入れてごらん」

　渦巻を覗き込むルノに、アイラは銅貨を一枚差しだす。

　ルノは言われるがまま、渦巻の中心に銅貨を投入する。黒い水面に沈み込むように、銅貨は呑み込まれた。

　渦が消失した瞬間、ルノの視界に画面が表示された。

「わっ⁉　何か変な画面が出てきたんですけど」

「私の目には何も見えない。だけど、収納石を所持する者には、異空間に回収した物の一覧が表示されるんだ。ちなみに画面はステータスと同じように、意識すれば表示される」

「あ、そうなんですか」

　ルノの視界には、簡素《かんそ》な画面が表示されていた。

「アイテムリスト」
・銅貨——銅製の世界通貨、所持数1枚。
※制限重量：1500kg

アイテムリストには、回収した物の名前と詳細、さらには制限重量まで表示されていた。数センチ程度の宝石にもかかわらず、制限重量は1500キログラムもあった。

「おおっ。こんな便利な物があるなんて、やっぱり魔法ってすごいっ‼」

「いや、私としては、君の作りだした魔法のほうがすごいと思うが……」

「ありがとうございます‼　じゃあ、今からいってきます‼」

「えっ？　いや、別に試験は明日からでも……ちょっと⁉」

これからは荷物の心配をせずに済むと知ったルノは、意気揚々《いきようよう》とギルド長室を去っていった。アイラが引き留めようとしたが、間に合わなかった。

試験の期間は三日で、実技試験での消耗を考えて試験開始は翌日の朝からでもいいのだが——それを伝える前に、ルノは立ち去ってしまった。

ルノはさっそく北門に向かい、許可証を提示する。あと少しで許可証の期限を過ぎてしまうため、金銭の節約のためにも彼には急ぐ必要があった。

北の草原に繰りだしたルノは氷板《スケボ》に乗って、一角兎達を追いかけ回す。

「待てっ‼　逃がすかっ‼」

「キュイイイッ⁉」

前回は数の暴力で襲われたが、今回はルノが逆に一角兎を襲撃する立場だ。

一角兎の肉も換金できるという話を聞いたので、できる限り肉体を傷つけないように気をつけながら討伐する。

「『光球』‼」

「ギュイッ⁉」

逃げ回る一角兎の前方に『光球』の魔法を発動させて光量を高めて目眩《めくら》ましを行うと、その隙にルノは回転氷刃《ヤイバ》を発動させて後方から一角兎達を切り刻む。

「どうだっ‼」

「ギュイイイイッ……⁉」

草原に血飛沫《ちしぶき》が舞い上がり、次々と切り裂かれた一角兎が倒れる。

『白雷』や『黒炎』では、肉体を焼き尽くしてしまう恐れがあるので、彼はできる限り損《そん》傷《しょう》を与えないように気を配《くば》った。

打ち倒した一角兎の経験石の回収を忘れずに、次々と収納石に回収する。

「ふうっ……だいぶ倒したな。だけど、もう少し頑張ろう」

すでに、依頼の規定数の十匹の討伐を果たしている。だが、数が多いほどに評価も高くなるため、ルノは限界まで一角兎を倒すことにした。

草原一帯に存在する一角兎に視線を向け、彼は体力と魔力の限界まで一角兎達を狩って走り回る。

「お、だいぶレベルも上がってる」

コボルトに勝る経験値を持つ一角兎を次々と討伐していることで、大量の経験値を入手して着実にレベルを上げた。

すでにルノのレベルは30を超えていた。

そんなルノの前に、黒い一角兎が出現。額の角を回転させながら接近してくる。

「ギュルルルルッ‼」

「あ、またお前か……お前だけは容赦しないぞっ‼」

亜種に対して、ルノは手のひらを構え、相手が飛びついてきた瞬間に魔法を発動する。

「『黒炎槍』‼」

「ギュイイイイイッ――――⁉」

明らかなオーバーキルだ。ルノは全力の攻撃魔法を放ち、原形を留めないほどに一角兎の亜種を焼き尽くした。

冒険者試験が開始された翌日。

黒猫旅館で十分に身体を休めたルノは、エリナに頼んで作ってもらった弁当を持参して、北の草原に向かう。

昨日の時点で、規定の十匹を大きく上回って討伐しているが、より多くの一角兎を討伐するため、彼は今日も氷板《スケボ》に乗り、一角兎達を狩り続けていた。

「『光球』‼」

「キュイイッ⁉」

「ていっ‼」

逃げ回る一角兎の前方に『光球』を発動して目眩ましをしてから、回転氷刃《ヤイバ》で首を切断。倒した一角兎の経験石を剥ぎ取って収納石にしまう。

「ふうっ、だいぶ倒した……でも、まだ余裕はあるな」

朝から延々と一角兎狩りをルーティンのように続けていたルノは、ステータス画面を確認する。さらにレベルが上昇しているが、それでも彼は時間の限り狩り続けることを決めた。

「段々と魔物の動きも見えるようになってきたし、それに、意外と『光球』の目眩ましも役立ってるし……ん？」

《『光球』の熟練度が限界値に到達しました。これにより強化スキル『浄化《じょうか》』が解放されます》

新しい強化スキルが発現した。

さっそく彼は、強化スキル『浄化』を使用したうえで『光球』を発動してみる。

「……色が変わった？」

生みだされた光の球体は、白から銀に変化していた。

しかし、それ以外に変化は見られない。光度が強くなったわけでもなく……触れても特に反応はない。

ルノは不思議に思いながらも、銀色に輝く光の球体を手のひらに収めていると、足元の地面に異変が起きていることに気づく。

「うわっ⁉　な、何だ⁉」

雑草が急速に成長しだし、彼の身体に巻き付こうとしていた。

慌てて彼は氷板《スケボ》を発動して地上から離れる。すると、雑草は成長が止まったように急に動かなくなった。

その光景に戸惑いながらも、ルノは自分の手元の『光球』を見つめる。雑草の異変が魔法に関係しているのではないかと考えたが——

「まさか……」

『光球』を操作して地上に近づけると、銀色の光が触れた瞬間、草木は時間を加速させたかのように成長した。

「どういうことだ？　時間を加速させる能力？　いやそれとも、植物を急速に成長させる能力なのか？」

得体の知れない現象に、彼は混乱する。他の物にこれを当てた場合どうなるのかを確かめるため、収納石を発動して薬草を取りだす。

三日月の葉の形をした薬草に光を当てても、しばらくの間は何も起きなかった。だが、徐々に表面が黄色に光り輝き、形が変わって満月のようになった。

その時、光が突如として消えてしまう。

「あれ⁉　いつもならこんなにすぐには消えないのに……どうなってるんだ？」

通常なら『光球』は長時間の発動が可能だが、なぜか今回は数分程度の時間で消失してしまった。不思議に思いながらも、ルノは手元の黄色くなった薬草を見る。

それは、未だに微量の光を葉の表面から放っていた。

不思議に思いながらも、ルノは薬草を収納石に戻した。それからアイテムリストの画面を見て、ようやくその変化の詳細に気づく。

・満月草《まんげつそう》――三日月草が大量の魔力を吸い上げたことによって変化を果たした薬草。

「満月草？」

薬草の名前が変化していた。

彼が今まで扱っていた薬草の正式名称は「三日月草」だった。アイテムリストの説明文には「大量の魔力を吸い上げた」と記されている。

「もしかして、『光球』の魔力を植物が吸収したのか？　だから、雑草も薬草も成長したのかも。ということは、『浄化』の強化スキルを発動した『光球』は、魔力を分け与えることができるのかな？」

アイテムリストに表示された説明文から推測する限りでは、そんな感じなのだろう。ルノは、この力をどのように取り扱うべきか悩む。

「使い道がよく分からないな……他の人の魔力とかも回復させられるのかな？」

考えてもよく分からないので、ルノは一角兎の狩猟《しゅりょう》を再開することにした。

見渡す限りの草原に存在した一角兎達の姿も減少しており、数時間後にはルノのアイテムリストには一角兎と経験石の数が三百を超えていた。

そしてルノ自身もレベルが58を迎え、さすがにレベルの上昇速度も落ちてはいたが、それでも大量の経験値の入手に成功する。

「やっぱり一角兎は経験値が高いんだな。だけど、もうほとんど姿を見かけなくなった……これ以上狩ると、生態系に影響が出そうな気がする」

元々は一角兎はこちらの地方には存在しない種であり、大量発生した一角兎のせいで草原の生態系が狂わされたという話は聞いていた。

だが、それでもルノは最初に訪れた時は草原の至るところで見かけた一角兎が、ほとんど見当たらなくなったことに危機感を抱く。

「もうこれだけあれば十分だろうし、冒険者ギルドに戻ろうかな……うわ、何だっ⁉」

地面に振動が走り、最初は地震かと思った。

だが、徐々に振動が激しくなっていることに気づいたルノは、氷板《スケボ》に乗り込んで上空に避難《ひなん》する。

すると、北の方角から近づいてくる土煙に気づく。

何が起きているのか目を凝らすと、予想外の存在が近づいていた。

「何だあれ⁉」

「ギュイイイイイッ‼」

巨大な一角兎が土煙を舞い上げながら、ルノに向けて接近してくる。

普通の一角兎の十倍を誇る体格だった。しかも一匹ではなく、複数の巨大兎が近づいており、何が起きているのか分からないが、ルノは相手の狙いが自分であることを悟る。

「ギュルルルッ‼」

「うわ、危ないっ⁉」

無数の巨大兎が、額の角を高速回転させながら跳躍し、ルノに目掛けて突き刺す。

咄嗟に氷板《スケボ》の高度を上昇させた彼は、攻撃を回避する。巨大兎は地上に着陸すると、ルノの周囲を走り回る。

「ギュイイイイッ‼」

「何だこいつ等……わあっ⁉」

周囲を動き回る巨大兎に、ルノは動揺していた。

巨大兎達は彼が隙を見せた瞬間に、飛びかかろうとしている。あんな巨大な角に突き上げられたら、さすがにただでは済まない。

ルノは『氷塊』を発動し、自分の周囲に巨大な氷壁を生みだす。

「これでどうだ」

「ギュイイイイッ……⁉」

ルノの周囲を取り囲むように出現した氷の壁に、四匹の巨大兎は果敢《かかん》にも突進してきた。

衝突した瞬間、巨大兎は角が氷壁に突き刺さって動けなくなる。

ルノのレベルが上昇したことで、『氷塊』の硬度も増していた。以前なら普通の一角兎にも貫通された氷だったが、現在では破壊されることもない。

「しかし何なんだこいつ等……もしかして一角兎の親玉？」

「ギュイィイイイッ……‼」

四体の巨大兎は必死に氷壁から角を引き抜こうと踏ん張っている。

ルノはこれも亜種の一種なのかと思いながら、次にどうするべきか考える。

「さすがに、これだけの大きさだと、重量オーバーになりそうだな……先に、経験石だけ剥ぎ取っておくか」

ルノが手のひらを上空に向け、一メートルを超える回転氷刃《ヤイバ》を生みだす。腕を振り払って回転氷刃《ヤイバ》を操作すると、すべての巨大兎の額の角を切断した。

角を剥ぎ取られた巨大兎達が倒れていく。

「うわ、すごいなこれ……こんなにでかい経験石なんて初めて見た」

巨大兎から剥ぎ取った四本の角を拾い上げたルノは、あまりの重量に身体がよろめいてしまったが、そのままそれらをアイテムリストに保管する。

レベルを確認すると60にまで上がっていた。冒険者試験の二日目で、レベルは倍以上に上昇したようだ。

「残った死骸はどうしよう。あ、そうだ。『氷塊』で上手く運べないかな？」

『氷塊』を発動して氷の板を作り上げ、まずは一匹ずつその上に死骸を運ぶ。

彼のレベルも上昇したことで、身体能力も強化されており、全長が五メートルを超える巨大な兎を肩に持ち上げて移動させられた。

四つの氷の板に四体の死骸を移動させると、氷塊に意識を集中させて浮上させた。

「お、やった。これなら重い物でも運び込める」

死骸を載せたまま浮上した『氷塊』に視線を向け、この移送方法なら『氷塊』が耐え切れないほどの重量でなければ自由に運べる。

初級魔法の意外な利用方法を発見したルノは、四匹の巨大兎を運びながら、冒険者ギルドに報告に向かった。


四匹の巨大兎の死骸を運び込んだルノに、帝都の門番の兵士達は驚愕し、慌てて彼を引き留めた。

それでもルノが冒険者試験を受けていることや草原で遭遇した魔物を移送していることを伝えると、一応は話を信じて通してくれた。

街道を移動するにはさすがに目立ちすぎる。

そう考えたルノは、できる限り目立たないように巨大兎を上空に移動させて、冒険者ギルドの建物にまで運び込む。

「すみませ～ん‼　誰か運ぶのを手伝ってくれませんか⁉」

「は？　何だ兄ちゃん……うおおっ⁉」

「な、何⁉　このでかいのっ⁉」

ルノが建物の中にいた冒険者達を呼びだし、外に設置した巨大兎の氷塊の檻《おり》を降下させると、彼等は非常に驚く。

巨大な一角兎というだけでも驚くべきことだが、さらに見たこともない氷の魔法を扱うルノに全員が激しく動揺し、騒ぎを聞きつけたギルドマスターのアイラが駆けつける。

「どうした？　これは何の騒ぎ……うわっ⁉」

「あ、ギルドマスターさん。試験が終わりましたよ」

ルノはアイラにそう言って、草原で遭遇した巨大兎を指さす。

彼女は信じられないという表情を浮かべながら巨大兎に近づき、何かに気づいて驚きの声を上げた。

「こ、これは……大角兎じゃないか⁉」

「大角兎？」

「獣人族の領地にしか生息しない魔物だ‼　……こんな化け物まで来ていたのか」

ルノはハッとして声を上げる。

「じゃあ、草原に現れた一角兎はこいつ等の子供ってことですよね⁉　だから、一角兎が大量発生していたのか⁉」

「いや、それは分からない。他に理由があるかもしれないが……それにしても、これほどの大物を狩ってくるとは、ルノ君の実力を見誤っていたな」

「はあっ……あの、この兎達はどうなるんですか？」

「うむ……まさかこれほどの大物を狩るとは……もちろん合格だ。この大角兎もギルドが買い取ろう」

「おおっ‼」

アイラの言葉に周囲の冒険者は拍手《はくしゅ》をし、その一方でルノはあっさりと合格を言い渡されたことに戸惑う。

ルノが尋ねようとしたのは、あくまでも大角兎の買い取りを行ってくれるのかであり、別に試験の合否を問いただしたわけではない。

「あ、あの……他にも収納石に普通の一角兎と経験石があるんですけど……」

「そうなのか？　それならばそれらも規定通りの値段で買い取ろう」

「えっ、本当ですか？」

「これほどの大物を狩ったんだ。君はもう立派な冒険者と認めないわけにはいかない。ここから先は冒険者として扱うのは当たり前じゃないか」

「さすがギルドマスター‼　器が大きい‼」

アイラの発言に他の冒険者達が歓声を上げる。

試験の内容では、魔物の討伐の証《あかし》として持ち込んだ経験石はギルド側に無償《むしょう》で提供しなければならない規則だ。

だが、すでに合格を言い渡したルノには、冒険者として規定の価格通りに購入することを宣言してあった。否、してしまってあった。

「良かったぁっ……それなら買い取りをお願いします。いっぱい狩ってきたので……」

「ははは、そんなに頑張ったのか？　いったいどれくらいの数を狩猟したんだい？」

安心した表情を浮かべたルノに朗《ほが》らかな笑みを浮かべながら尋ねたアイラは、次の彼の言葉に表情が固まる。

「えっと……三百十二匹分の経験石と、死骸の買い取りをお願いします‼」

「えっ……」

その場の全員が一瞬何を言われたのか分からないという表情を浮かべ、その間にもルノは収納石を構えた状態で氷塊の魔法を発動させた。

「あっ、ちょっと待ってもらえますか？　今から用意するので……」

「ちょ、ちょっと待ってくれ。用意とはいったい……⁉」

「『氷塊』」

ルノは手のひらを翳《かざ》すと、円盤状の氷の塊を作りだした。外見は食器の大皿に近い。その上で収納石を構えたルノは、異空間から経験石を取りだす。黒い空間から大量の経験石が出現し、大皿の上に山積みにされる。

その光景を見せつけられた人々は目の前で何が起きているのか理解できず、自分の目がおかしくなったのかと錯覚《さっかく》した。

「これで最後です」

ルノが、大角兎から回収して事前に別の大皿に載せておいた経験石も出現させる。

アイラは目の前に存在する山積みにされた普通の一角兎の経験石、そして大角兎の経験石を確認して口を引きつらせる。

「こ、これを買い取ってほしいと？」

「あ、はい。他にも損傷が少ない一角兎の死骸が三百くらいありますけど……」

「そ、そうか……」

「あの、ギルドマスター？　本当にこれだけの経験石を買い取るつもりですか？」

「ギルドの資金が空《から》になっちまうんじゃ……」

「最低でも、金貨四百枚ぐらいの値が付くわね」

日本円で４０００万円分の価値の魔物の素材を持ち込んできたルノに、全員が冷や汗を流す。彼は不思議そうにアイラの顔を窺《うかが》う。

（まずい……これは非常にまずいぞ）

アイラは、顔を押さえて打開策《だかいさく》を考える。

自分が迂闊にも簡単に合格を言い渡したことを激しく後悔《こうかい》する。彼女が試験の規則通りにルノから無償で経験石を受け取っていれば、このような状況には陥らなかった。

（落ち着けっ‼　過ぎたことを考えるなっ……人の目がある以上、今さらさっきの言葉は撤回《てっかい》できない。だが、これだけの経験石を買い取ったらギルドの資金が大幅に減ってしまう‼）

正直に言えば、別に金貨四百枚は冒険者ギルドが支払えない額ではない。

しかし、代わりに引き取る経験石と死骸に関しては即座に換金できる素材とは言いがたい。利用価値は確かに高いが、さすがに数が多すぎるので、商人や貴族に売却するとしても時間がかかりすぎる。

死骸のほうは解体すれば毛皮は防具にも利用できるし、肉や骨は食材としては人気が高いので比較的早くに売り捌けるが、問題なのはやはり経験石である。

（将来的に大きな価値になるのは間違いないが……それでもこの時期に金貨四百枚を支払うのはきつい。しかも、これだけの大金が動けば、彼に良からぬことを考えて接触《せっしょく》しようとする者も出てくるだろう）

金貨四百枚もあれば、大きな屋敷を購入することもでき、もしルノが大金を持っていることが大々的に知られるようになれば金目当ての輩《やから》が彼を狙うだろう。

他の冒険者から妬《ねた》まれることも考えられ、いざこざに巻き込まれる可能性もある。

アイラとしては、ルノのような冒険者を失うような事態は避けたい。どのような手段で彼を説得し、大金の受け渡しを引き延ばすか考える。

「……そ、その前に一角兎の死骸を確認させてもらえないか？　経験石はともかく、死骸のほうは正確に査定《さてい》しなければならない」

「あ、そうですよね。ここに出すと迷惑かと思って言いだせなかったんですけど」

「とりあえずは中に戻ろう。巨大兎に関しては、ひとまずは裏に運んでもらえないか？」

「分かりました」

アイラの咄嗟の提案にルノは素直に従い、彼女に言われた通りに巨大兎を冒険者ギルドの建物内に運び込む。

その姿を確認しながらアイラは時間を稼ぐことに成功して内心安堵するが、あくまでも時間稼ぎであって問題は解決していないことに変わりはなく、小さくため息を吐きだした。

冒険者ギルドの建物内に大量の経験石が運び込まれ、さらに大量の一角兎の死骸の解体が行われる。

今までルノは相対してきた敵を打ち倒して放置してきた。が、解体して毛皮や肉を剥ぎ取ればそれなりの金銭が手に入ることを知り、作業を行っているギルドの職員に交じって解体の手順やナイフの捌き方を教わる。

「へえ、こういうふうに解体するんですか」

「魔術師の方はあまり解体にこだわる必要はありませんよ。確かに綺麗に解体できればいろいろ役立ちますが、解体に失敗すれば、普通に死骸を引き渡すよりも安く買い取られる可能性があります。なので、収納石を所持している魔術師は、無暗《むやみ》に自分で死骸に手を加えずに、技術を持った人間に引き渡して解体を頼む人も少なくありません」

「なるほど……あ、もしかして技能スキルに解体技術とかもありますか？」

「ありますよ？　むしろ、冒険者の大半は『解体』のスキルを修得しています。まあ、ルノさんの場合は魔術師なので、無理に覚える必要はないと思いますけど……魔物を完璧《かんぺき》に解体できるようになるには、相当な練習と経験が必要になります。それに、神経を使う作業なので、魔法を扱うために重要な精神力が削られる危険性もありますから、気をつけてくださいね」

「そうなんですか……勉強になります」

　ギルドの職員相手にルノはいろいろと教わりながら素直に礼を告げ、そんな彼に職員達も好意的に接して冒険者に必要な知識や技術を丁寧に教える。

　普通ならば微笑ましいやり取りなのだが、どんどんと大量の一角兎が解体されていく光景にアイラは頭を悩ませていた。この調子では査定がすぐに終わってしまう。

（落ち着け、まだ時間はある。彼の情報を整理するんだ……ドルトン殿の話では、彼はここを訪れる前から魔物を倒して生計を立てていた節《ふし》があると言っていたな。だが、それにしては魔物の死骸の解体する方法も知らないというのが気になるな）

職員の解体作業を見学しながら、自分の手で不器用ながらに一角兎の毛皮を剥ぎ取ろうとするルノは、魔物の死骸の解体作業を本当に初めて行っているようにしか見えない。

とても演技とは思えず、アイラはルノが魔物を倒して生計を立てていたという話に疑問を抱く。

（だが、魔法の腕は間違いなく本物だ。ここ最近、草原で誰も見たことがない奇妙な魔法で魔物を狩る人間の報告も届いている。それにしては魔物の解体のことも知らないというのが気になるが……）

アイラはルノの存在が非常に気にかかり、彼が何者なのか知りたかった。

それと同時に、金貨四百枚の換金の問題をどのように解決すればいいのか考えなければならず、深いため息を吐きながら、良案が思いつくまで黙ってルノの観察を続けた。

すべての一角兎の経験石と死骸の確認が終了し、合計で金貨四百二十枚がルノに支払われることが決まる。

ルノが確保していた死骸の保存状態が予想以上に良かったためか、特別に話があるらしく、彼はギルド長室に案内されることになった。

ギルド長室で、ルノは難しい表情を浮かべるアイラと向き合う。

「……まずは君にこれを渡そう。冒険者の証《あかし》であるギルドカードだ」

ルノが手渡されたのは、スマートフォンのような長方形の水晶で作られたカードだった。

その表面には、彼の名前と冒険者の階級が刻まれている。

階級の項目には、Aと刻まれていた。ルノは驚いてアイラに顔を向ける。

「あの……これ」

「おめでとう、今日から君はA級冒険者だ」

「えっ⁉」

まさか最初から、A級を与えられるとは思っていなかった。

ルノはギルドカードに目を向けると、裏面に文字が表示されていることに気づく。それについて、アイラが丁寧に説明してくれる。

「裏面には、これまでに引き受けた依頼回数と達成回数が表示される。場合によっては、依頼人に成功回数を確認されることもあるから気をつけてくれ」

「はあ……」

「それと、今回の一角兎の換金に関してだが……実は、私から提案がある」

「はい？」

アイラは、ルノの持つギルドカードを指さし、なぜか顔を強張らせながら続ける。

「実は、冒険者ギルドでは冒険者の所持品や資金を預かるシステムが存在する。大抵の冒険者は貴重品をこの冒険者ギルドに預けることが多い」

「そうなんですか？」

「名前が有名すぎる冒険者は、貴重品の類は冒険者ギルドに預け、必要な時だけ引きだすのだ。理由としては、自分で管理するよりもギルド側で預かっているほうが安全だからだ。冒険者ギルドには腕利《うでき》きの冒険者が揃っているから、盗賊や強盗《ごうとう》に狙われないんだ。貴重品を自分で管理していると、いろいろな奴に狙われることが多くなる」

「なるほど……」

「君が大量の金貨を所持していることはすでに他の人間に知られているが、ギルドに預けたことを伝えれば、金銭目的で君に近づこうとする人間はいなくなるだろう。ただし、申し訳ないが、本来の所有者が何らかの理由で死亡した場合、ギルドに預けた所持金や物品はギルドと遺族に分配される法律が存在する。それと、あくまでも預けた物を引きだせるのは本人だけ。その際は必ずギルドカードを提出すること、一度に引きだせる金額は緊《きん》急時《きゅう》を除いて預けた金額の半分までだけだ。金額が一定の数値を下回っていた場合は別だが」

アイラは一気にまくしたてた。

「ややこしいですが、いろいろと規則があるんですね」

「その代わりに、安全面に関しては冒険者ギルドが必ず保証する。もし、ギルド側の不備で預けた物品や金銭が失われた場合、すべての責任はギルドが負う決まりになっている。当然だが、物品の場合は代用品を用意し、金銭に関しても違約金《いやくきん》を追加して必ず返却する」

「へえ……」

「まあ、どうしても金貨をこの場で受け取りたい場合はすぐに用意させるが……私としては新人の冒険者が大量の金貨を所有していることを、他の人に知られたら問題だと思うんだ。きっと、君のことを狙う輩もいるだろう」

「確かに……」

ルノとしても、安全な場所に金銭を保管したいと思っており、ここは冒険者ギルドに預かってもらうのも良いのではないかと考えた。

「分かりました。それなら、今回の金貨は冒険者ギルドに預かってもらいます」

「……よしっ」

「え？　何か言いました？」

「いや、何でもないよ‼　それでは、こちらに署名《しょめい》してくれないか？　すぐに君の保管庫を用意する手続きを行うから……」

銀行で口座を作る時のような感覚でルノは手続きを行い、今回得た資金は全額冒険者ギルドに預けること、今後は必要な時にだけ冒険者ギルドから資金を引き下ろすことを決めた。

「さてと……これで手続きは終了だ。改めて合格おめでとう」

「あ、ありがとうございます」

「では今から簡単な冒険者の仕事の説明を行うよ。まず、冒険者は世間では何でも屋と言われているが、その認識は間違っていない。依頼を引き受け、仕事を達成したら依頼主とギルドに報告をする義務がある。依頼の多くは魔物の討伐が多いが、他にも商団の護衛、盗賊の討伐、もしくは清掃作業や薬草等の採取系の仕事も存在する」

「魔物の討伐はどうやって確認するんですか？　経験石や魔物の死骸の一部を回収したりとか……？」

「その方法もあるが、中には仕事に関係ない時に狩って集めていた魔物の死骸を提出するような輩もいることを心配する人間もいる。だから仕事の際に同行を願う依頼人もいるが、場合によってはギルドカードを提示する必要があるね」

「ギルドカードを？」

「ギルドカードの表裏どちらでもいいから、指でなぞる動作を行ってくれ。そうすれば画面が切り替わるはずだ」

　言われた通りにルノがギルドカードを操作すると、まるで本物のスマートフォンのように画面が切り替わり、今日のうちに倒された魔物の数が表示された。

「このギルドカードには倒した魔物を記録する能力がある。ギルドカードの所持に関係なく、触れた瞬間に記録が更新される。倒した魔物の名前の上に正確な日付と時刻が記載されているだろう？　ギルドカードの改造は不可能だから不正も行えない。これが証拠となる」

「すごい技術ですね‼」

「このギルドカードの製造法は、過去に召喚された勇者が考案したと言われている。数百年前から存在するのに、未だに誰一人としてこのギルドカードの正体を掴めていない。作り方は分かっていても、どうしてこれほどの物が生みだされるのか分からない魔道具だよ」

ルノはギルドカードに視線を向ける。過去に召喚された勇者が作りだしたという話と、スマートフォンと酷似《こくじ》していることから、昔に召喚された人間も実は自分と同時代の人間ではないかと考えつつ、ひとまずは収納石を利用して異空間に預ける。

「それと一つ聞きたいことがあるんだが……ルノ君、これから君はどうするんだい？」

「どうする……とは？」

「基本的に魔術師は後方支援の職業だけど、君の場合は一人で魔物を狩り続けていたそうだからね。普通なら魔術師の職業の者には、他の冒険者集団《パーティ》の斡旋《あっせん》を行うんだが……どうする？」

「冒険者集団《パーティ》？」

「単独で活動をする場合は、報酬を独り占《ひとじ》めにできるという強みがあるが、危険が大きい。だから、大抵の冒険者は、他の人間と組むことでリスクと利益を分担することが多い。特に、接近戦に持ち込まれたら魔術師の人間は抵抗手段が少ないからね」

魔術師は、魔物に対しては魔法という強力な対抗手段を持つ。だが、相手が人間や知性の高い魔物の場合は、戦闘に陥ると真っ先に狙われやすい。

魔法関連の能力は優れていても身体能力が低いのは紛れもない事実なので、ほとんどの魔術師は他の冒険者と手を組んで行動している。

「大丈夫です。しばらくは一人でやりたいと思います」

「そうかい？　まあ、一人でやる自信があるのなら止めないが……だが、きっと君のことをしつこく勧誘する者もいるだろうから気をつけてくれ。A級冒険者なんて、この帝都には二人しかいないからね」

「そうなんですか？」

「そもそも、A級自体が帝国には十人もいないんだ。だから、A級の人間には特別な仕事を任せることが多い。実力の高さを見込まれて依頼人から指名依頼をされることも少なくはないからね」

実質的にA級冒険者は冒険者のトップと言っても過言《かごん》ではなかった。S級の人間は滅多に存在せず、しかも彼等のほとんどは一般人からの依頼を引き受けることはないからだ。

理由としては、S級冒険者には主に国からの依頼を優先的に引き受ける義務があるため、彼等の多くは超高難易度の仕事に精一杯《せいいっぱい》で、一般人からの仕事を引き受けている暇《ひま》はない。

だから世間一般ではA級冒険者のほうが人気が遥かに高い。

「それとルノ君、冒険者に合格して早々だが、君に指名依頼が入っている」

「え？」

先ほど冒険者に合格したばかりなのに自分を指名した依頼人がいることにルノは驚くが、アイラは一枚の羊皮紙を差しだす。

「依頼主はこの私だ。君にとある魔物の討伐を依頼したい」

「討伐……ですか？」

「ああ、最初に会った時も説明したが、帝都周辺でこちらの地方には存在しないはずの魔物が棲み着き始めている。そして中には非常に厄介な魔物も発見されている」

「どんな魔物なんですか？」

「サイクロプスと呼ばれている人型の魔物だ。全身を鱗に覆われた一つ目の巨人で、実際の所は温厚な性格で知能も高く、むやみに人間に危害を加えない生物なんだが……」

「んっ？」

アイラの説明に、ルノは最近遭遇した魔物の中に非常に心当たりがあり、どうやら自分以外の人間にも発見されていたことを知る。

ルノがコボルトに襲われた時に助けてくれた存在であり、どうしてそんなサイクロプスが討伐対象に入っているのかと、ルノは疑問を抱いた。

「その……サイクロプスというのは何か問題を起こしたんですか？」

「南側の城門の兵士に襲いかかったらしい。詳細はこちらを確認してくれ」

羊皮紙を手渡されたルノは、あの温厚で優しいサイクロプスが人間に襲いかかったという話が信じられず、中身を確認する。

その内容は、二日前に南側の草原にサイクロプスが現れて、城門の兵士に危害を加えたというものだった。

×　×　×

二日前――

実は最初にサイクロプスと接触を果たしたのは例の性格の悪い門番の兵士であり、この男が南門に近づいてきたサイクロプスに手を出したのが、事の発端だった。

「な、何だこいつは⁉」

「キュロロロッ？」

「ち、近寄るなっ‼」

南側の警備《けいび》を任されていた兵士の隊長である男は、城門に現れたサイクロプスを追い払おうと、武器で攻撃する。

サイクロプスは基本的には人間を襲うことはない温厚な生物なのだが、自分に危害を加えようとする存在には容赦はしない。

鉄の槍で突き刺そうとした兵士を、サイクロプスは振り払った。

「キュロロッ‼」

「うわぁっ⁉」

「た、隊長⁉」

サイクロプスは、攻撃してきた隊長を両手で持ち上げ、投げ飛ばした。

手加減したとはいえ、サイクロプスの腕力は凄まじい。投げ飛ばされた隊長は数メートル先の地面に叩きつけられて悲鳴を上げた。

「ぎゃあああああっ⁉」

「キュロロロロッ……」

サイクロプスは、情けない悲鳴を上げる隊長に近づく。

隊長が大きな声を上げたので、心配して駆け寄ったのだが、その光景を目撃した他の兵士達は、魔物が隊長に止《とど》めを刺すつもりだと勘違いした。

「た、隊長がやられたぞっ‼」

「門を閉めろぉっ‼」

「隊長はどうするんだ⁉」

「今はあの化け物を街に入れないようにすることに集中しろっ‼」

パニックになって隊長を見捨てようとする兵士達に向かって、隊長は声を上げる。

「ま、待てっ……俺を助けろっ⁉　貴様らぁっ……‼」

「キュロッ？」

兵士達がサイクロプスを帝都に入れないように城門を閉じようとした時——サイクロプスは困った表情を浮かべて隊長を持ち上げる。

隊長は必死に暴れるが、サイクロプスの腕力に敵うはずがない。

サイクロプスは城門の扉が完全に閉じられる前に、隊長を兵士達のもとにぶん投げた。

「キュロロッ‼」

もちろんサイクロプスに悪気はない。

扉が完全に閉じられる前に、隊長を帝都の中に帰らせようとしただけだ。だが、力を強めに込めて投げたため——

人間砲弾と化した隊長が、完全に門が閉じられる前に兵士達に衝突した。

「ぎゃああああああっ⁉」

「うわぁあああああっ⁉」

その直後、城門が閉じられる。

「キュロッ‼」

門が閉じられる前に、隊長を他の兵士のもとに戻せたことに満足したサイクロプスは、その場を立ち去った。

サイクロプスが城門を訪れたのは、果物を輸送する商団の馬車がここをよく訪れるためだった。

果物の香りに引きつけられたのだ。

ただし人間達に警戒されるため、サイクロプスはいつも何も食べ物を得られずに立ち去っていた。

サイクロプスに放り投げられた隊長は即座に治療院に運び込まれ、高額な回復薬で怪我を治すことになった。

しかし、元をたどれば、彼が迂闊にサイクロプスに手を出したのが悪い。

そうしなければ、今回の事態には陥らなかったのだ。無暗《むやみ》に魔物を刺激するような行動を取ったという理由で、結局隊長は解雇《かいこ》された。

そもそもこの隊長、普段の勤務《きんむ》態度がひどく、大勢の人間から苦情が届いていた。

部下でさえ彼の横暴《おうぼう》な態度に不満を抱いていたので、今回の件では誰も彼を擁護《ようご》しなかった。せめてもの情けとして治療費だけは帝国が支払ったが。

元隊長だった男は抗議したが、帝国としては一人の人間に構っている暇はない。

ただし、サイクロプスが人に危害を加えたという問題は残る。

話し合いの結果、ここは魔物の専門家である冒険者に任せることになり、冒険者ギルドにサイクロプスの討伐依頼が出された。

9

羊皮紙を受け取ったルノは、その内容を熟読《じゅくどく》する。

自分が出会ったサイクロプスが討伐対象なのだろうか。それを確かめるため、ルノはアイラに問う。

「あの……草原に現れたサイクロプスは一体だけなんですか？」

「今のところは一体しか確認されていない。おそらく、元々は西の森に棲んでいた個体が草原に出向いたと考えられるが……何か気になるのかい？」

「あ、いえ……えっと、どうしても討伐しないといけないんですか？」

アイラはルノの質問に、考え込む素振《そぶ》りを見せた。

ルノとしては、ここで彼女が断固《だんこ》として討伐を主張した場合は、依頼を断ることを考えていた。

話を聞く限りでは、ルノが遭遇したサイクロプスで間違いない。いくら人間に危害を与えたと聞かされても、自分を魔物から救ってくれたサイクロプスを討伐することなどできるはずがない。

アイラは厳しい表情で告げる。

「帝国側からは討伐が依頼されているが、捕獲《ほかく》できるのなら捕獲でも構わない。サイクロプスは上手く調教すれば、並の兵士よりも大きな力になるから、きっと喜ばれるだろう」

「え、調教なんてできるんですか？」

「魔物使いという職業は知っているか？　魔物を使役《しえき》することができる職業だが、サイクロプスのような知能が高い魔物であるほど意外と調教はしやすい。もっとも、帝国側に魔物使いという職業の人間がどれほど存在するのかは疑問だが……」

「そうなんですか」

捕獲でも構わないというアイラの言葉に、ルノは安心する。

その一方で、どのような手段でサイクロプスを捕獲するかを考える。果物が好きだったようなので、餌《えさ》を利用して引き寄せられるかもしれないか……

ここで彼が依頼を断ったところで、結局は他の人間が仕事を引き受ける。そうなったら、サイクロプスを討伐されてしまうだろう。

それならば、今回の依頼を敢《あ》えて引き受けることで、サイクロプスが他の冒険者に討伐される前に捕獲し、帝国に引き渡すほうが良いのではないか。

すでに人間に危害を加えた以上は、放置することなどできないだろう。せめて、自分の手で捕獲して帝国に引き渡すべきかと考えていると――

不意にギルド長室の扉がノックされる。

「……入っていい？」

「ああ、やっと来たのか。どうぞ、中に入ってくれ」

扉の外側から少女の声が聞こえ、ルノは視線を向ける。扉がゆっくりと開かれると、どういうことなのか、そこには誰もいなかった。

彼が不思議に思っていると、隣から声をかけられる。

「……こっち」

「えっ⁉　う、うわぁあああああああっ！」

「……驚きすぎっ。でもそういう反応、嫌いじゃない」

ルノが声のしたほうへ顔を向けると、銀髪の少女が立っていた。少女はなぜか忍者を彷彿させる衣服を身に纏っている。

アイラが笑い声を上げる。

「ははははっ！　ああ、すまない。彼女を初めて見た人は、大体同じ反応をするからな。この子の名前は……えっと、コ、コトネだ。こう見えても彼女はA級冒険者だよ」

紹介されると、少女は無表情のままピースする。

「……いぇいっ」

「い、いぇい？」

少女は赤いマフラーで口元を覆い隠した。そっちのほうが落ち着くらしい。どうやら言葉を口にする前に、一定の間を置くのが癖《くせ》のようだ。

少女が手を差しだしてくる。

「……よろしく」

「よ、よろしくお願いします」

手を離しながら、ルノはコトネを観察する。

顔の半分はマフラーで隠れているが、声と雰囲気から、自分と同世代くらいだというのは何となく分かる。身長はルノと同じぐらい。

「あの……コトネさん」

「……コトネでいい」

ルノは、コトネの服装が気になって尋ねる。

「じゃあ、えっと、コトネ……その服装、もしかして忍者なんですか？」

「……驚いた、忍者のこと知ってるの？　私は日《ひ》の国《くに》の人間」

「日の国？」

そこへ、アイラが割って入って説明する。

「この帝国の東方に存在する小さな国さ。その住民は、特殊《とくしゅ》な職業に就いていることが多いんだよ」

「……失礼な、その言い方だと、私が変わり者に聞こえる」

アイラの言葉に、コトネが不満そうに声を上げる。

でも実際に、コトネも特別なスキルを修得しているらしい。今回呼びだされたのも、そのスキルでルノの手伝いをするためだという。

「今回の任務は、君一人だけじゃ難しいかもしれない。だから、彼女を補佐役として同行させようと思う」

「補佐役ですか？」

ルノが尋ねると、コトネは淡々《たんたん》と答える。

「……私は戦闘は得意じゃない。だけど、情報収集には自信がある。剣士のように前に出て戦うことはできないが、相手に気づかれないように動くのは得意。あとは料理も得意」

「へえ……」

アイラが告げる。

「今回の依頼は、先輩冒険者に相談しながら行動したほうが良い。依頼の期限は三日後の夕方までだが、もし自分達では解決できないと判断したら、すぐに私に相談してくれ。その時は他の者に任せるから」

「分かりました」

「……最善は尽くす」

ルノはコトネとともにギルド長室を退室した。ルノは彼女に向き直ると、改めて自己紹介をすることにした。

「えっと、改めてよろしくお願いします。新人のルノです」

「……よろしく、貴方の噂はよく聞いている」

「噂？」

「……変わった魔法を使う、凄腕《すごうで》の魔術師だと聞いている」

「凄腕って……それはただの噂ですよ。俺が扱えるのは初級魔法だけですから」

「……謙遜《けんそん》しなくていい。貴方のことは少し調べてある」

こうして自己紹介を終えた二人は、ひとまずは被害に遭ったという南側の城門に向かうことを決め、冒険者ギルドを後にした。

×　×　×

さっそく、ルノはコトネと一緒に南側の城門に来た。

まずは、兵士達からサイクロプスの様子を聞こうと思ったが……いつもの態度の悪い兵士の姿が見当たらない。

ルノは不思議に思いながらも聞き込みを行う。

「あの、すみません。少しいいですか？」

「ん？　何か用か？」

「……私達は冒険者、帝国の依頼を受けて、サイクロプスの調査をしている」

「えっ⁉　こ、これは失礼しましたっ‼」

コトネがギルドカードを見せると、兵士達は慌てて敬礼《けいれい》をしだした。兵士達は、冒険者に決して横暴な態度を取らないよう義務付けられている。

それは、冒険者の多くが兵士とは比べ物にならない力を有しているためだ。

S級やA級の冒険者に至っては、単独でも千人の兵士に匹敵《ひってき》すると言われている。帝国は冒険者ギルドと協力関係にあり、彼等に非常に気を遣《つか》っているのだ。

ルノは、兵士達にサイクロプスが現れた時の詳細を問い、彼等からサイクロプスがどのような行動を取っていたのか教えてもらった。

話を聞く限りでは、問題を起こしたのは兵士側だったようだ。

「いや、あの時は本当に怖かったですよ……だけど、本《もと》を正《ただ》せば隊長……いや、元隊長が下手に攻撃を仕掛けたのがまずかったと思うんですよね」

「ああ、それは俺も思う。俺は昔、帝国じゃないところに住んでいたんだが、サイクロプスを見たことがある。あいつ等は餌をやるとどこかに行ってくれるんだ。一度魔物に襲われた時に、助けてくれたこともあったよ」

「おいおい‼　俺は本当に殺されるかと思ったぞっ⁉　あんな化け物がいたら安心して見張りなんてできねえよ……」

「お前……それは警備兵としてどうなんだ？」

兵士達の間でサイクロプスに悪感情を抱いている人は少なかった。多くの人がサイクロプスが人に優しい生物だと知っている。

それでも、サイクロプスの力を恐れている人もおり、帝国側もサイクロプスを脅威《きょうい》と感じたからこそ、冒険者ギルドに討伐を依頼したわけだ。

「……ルノ、どうする？」

「サイクロプスに悪気があったとは思えないけど、このまま放置しとくのはまずいことに変わりはないと思います。ひとまず草原に出ましょうか。上からサイクロプスを探しましょう」

「……上？」

ルノの言葉に、コトネは首を傾げる。

ルノが両手を構えて『氷塊』を利用して乗り物を作り上げようとした時――唐突に、中年男性の声が響き渡る。

「見つけた‼　見つけたぞ、貴様っ‼」

「えっ？」

「おい、誰か止めろっ‼」

「おやめください、元隊長⁉」

後方から聞き覚えのある声が上がり、ルノが振り返る。

そこには数人の兵士に押さえられた男がいた。

最初は誰か分からなかったが、門を通り抜けるたびにルノに絡んできた、兵士の隊長だと気づく。

手に羊皮紙を握りしめた男は、兵士達を払いのけてルノに近づこうとするが――

再び、兵士達に取り押さえられた。

「ええいっ‼　放さんか馬鹿者どもがっ‼　こいつを皇帝に引き渡せば、俺は元に戻れるのだ‼　貴様等も見て分からんのかっ⁉　こいつが例の報告書の男だぞっ‼」

「馬鹿なことを言わないでください‼　彼はA級冒険者なんですよ⁉　報告書の初級魔術師の男のはずがないでしょうっ‼」

「おい、こいつを連行しろっ‼　冒険者の方に危害を加える前に連れていけっ‼」

「そうだな、もうこいつは隊長じゃないんだ……おい、こっちについてこい‼」

「な、何をする⁉　この馬鹿者どもがぁあああっ‼」

兵士達に羽交《はが》い締めにされた男は絶叫しながら、連行されていった。

「……何あれ？」

「さ、さあ……」

コトネは首を傾げ、ルノは冷や汗を流していた。

兵士達が慌てて頭を下げる。

「も、申し訳ございません‼　あの男は元は警備隊の隊長を務めていたのですが……不祥《ふしょう》事《じ》でクビになって以降も、たびたびあのように騒ぎを起こしているのです」

「そうなんですか……」

「……捕まえればいいのに」

「お言葉の通りです。元上司とはいえ、今回ばかりは擁護できません」

コトネの辛辣《しんらつ》な言葉に、兵士は言い返すこともできず、今回ばかりは元隊長の男も罰せられることは間違いない。

予想外の出来事に予定が狂ったが、ルノは改めて『氷塊』を発動させた。

「えっと、こんな感じかな？」

「……っ⁉」

「うわっ⁉」

コトネと兵士の目の前で、ルノはスポーツカーのような『氷塊』を生みだした。

ルノはさっそく車の中に入って、アイテムボックスから毛布を取りだし、座る場所に敷《し》き詰めた。それで直に氷に触れないように気をつけながら乗り込む。

「……何これ、乗り物？」

「自動車？　と言っても分からないか」

目を丸くするコトネに、ルノはどのように説明すればいいのか困り、とりあえず危険性はないことを伝えた。

彼女は恐る恐る、彼の隣の席に座った。

「……氷の魔法？　……だけどこんなの見たことない」

「じゃあ、移動しますよ」

「えっ……」

『氷塊』の車が動きだす。

本物の車のように、タイヤを動かして操作するわけではない。

ルノの意思で車を浮揚させ、移動させているのだ。その点は、他の『氷塊』の魔法で作りだした物体と変わりはない。

「発進‼」

「わあっ……!?」

「うおおっ!?」

勢いよく『氷塊』の車が動きだし、兵士達の驚きの声を耳にしながらも、二人は城門を潜り抜けて草原を疾走する。

ルノは適当に、氷車《ひょうしゃ》と名付けることを決め、乗り物をさらに浮揚させた。念のため、車の周囲に回転氷刃《ヤイバ》も発動させ、魔物の襲撃に備《そな》える。

「……すごい……でも、ちょっと怖い」

「あ、すみません。事前に説明するべきでしたね……」

「別に気にしなくていい……ちょっと爽快《そうかい》」

コトネは興奮したように空から地上の光景を確認し、忙《せわ》しなく周囲を見渡す。ルノも彼女と同じように空の上から地上の様子を観察し、サイクロプスの姿を探す。

「う〜んっ……あんまり高すぎると下のほうがよく見えないな。双眼鏡でも持ってくれば良かった」

「……私には遠くまでよく見える。『観察眼』と『遠視《えんし》』のスキルを持っているから、ここからでも問題ない」

「えっ、そんなスキルもあるんですか?」

「覚えるのに少し苦労した……覚える方法を知りたい?」

「じゃあ、お願いします」

出会ったばかりではあるが、だいぶ打ち解けてきたのか、コトネの口数が多くなってきた。

無口と思い込んでいたルノは、彼女の変化を意外に思いながらも、スキルのことに関していろいろと説明を受ける。

スキルを修得するには、特別な訓練を受けるのがいいらしい。時間がかかるが、地道に訓練を続ければスキルを覚えられるとのこと。また、職業の相性で覚えられるスキルと覚えにくいスキルがあるという。

そんなことを教わりながら、草原の上空を移動する。

「こっち側にはいないのかな……西側に移動します？」

「……西側？　どうして？」

「あ、えっと……前にサイクロプスを西側の草原で見かけたことがあるので」

「そう」

ルノの言葉にコトネは特に反対せず、同意したように頷く。

さっそく、ルノが前回サイクロプスと遭遇した、帝都から西側の草原に向けて移動を開始しようとした時。コトネが何かに気づいて彼の肩を叩く。

「……あれ見て」

「あれ？」

　コトネの言葉にルノが地上のほうに視線を向けると、そこにはゴブリンの群れがいた。

　ゴブリンの中に、亜種なのか、全身の皮膚が赤色のゴブリンを発見する。

「あれは……ゴブリンの亜種？」

「違う、そいつらじゃない」

「え？」

「あっち」

　コトネはゴブリン達とは反対方向を指さしていた。不思議に思ったルノが視線を向けると、ゴブリンから逃げる生物がいた。


「ぷるぷるっ……‼」


　謎《なぞ》の擬音《ぎおん》を放ちながら草原を移動していたのは、青いボールのような生物だった。

　即座にルノは、それがＲＰＧゲームで定番のモンスター、スライムであることに気づく。

　大きさは五十センチ程度で、身体は液体で構成されている。跳ねるたびに表面に波紋《はもん》が生まれ、必死にゴブリンから逃げていた。

「ギギィッ‼」

「ギィッ‼」

「ギィアッ‼」

ゴブリンの群れは逃走するスライムを追いかけ、徐々に距離を縮める。

コトネは眉を顰《ひそ》め、ルノもスライムが可哀想だと感じた。だが、ここで手を出していいのか悩む。

「私を下に降ろして」

「えっ？」

「あの子を助ける……だめ？」

ルノは隣のコトネのほうに顔を向ける。コトネはすでに立ち上がっており、地上に降りる準備を済ませていた。

氷車を下降させると、彼はコトネに向かって言う。

「車から降りないでください。俺が助けますから」

「……できるの？」

「まあ、何とかしますよ」

ルノは周囲に滞空させていた円盤型の『氷塊』を高速回転させ、それをゴブリン達に向けて放った。

「くらえっ‼」

「ギイイイイイッ⁉」

「……すごい」

ゴブリン達の多くは一瞬で切り裂かれた。コトネが感心した声を上げていると、ルノは回転氷刃《ヤイバ》を逃れたゴブリンに向けて氷車で体当たりする。

「くらえっ‼　ひき逃げっ‼」

「ギイイッ⁉」

「……惨《むご》い」

ルノの反則じみた戦い方を見たコトネは眉を顰《ひそ》めていた。

逃げていたスライムは、何が起きたのかと立ち止まる。そして、ルノ達に気づくと、どこか嬉しそうに身体を震わせた。

「ぷるぷるっ……？」

「あ、止まってる。えっと、害はないの？」

「スライムは基本的に戦闘能力を持たない。水がある環境《かんきょう》ならどこでも適応できる」

氷車を停車させると、二人は地上に降りた。

ルノとコトネは、警戒気味のスライムにゆっくりと近づく。

スライムは、「誰？」というふうに身体をくねらせていた。

ルノが犬猫を誘《おび》き寄せるように、おいでおいでと手を動かすと、スライムは不思議そうに近づいてくる。

「ぷるんっ」

「わっ……本当に来た」

「……スライムは水や氷が好物。魔法で作りだした物でも吸収する」

コトネにそう言われ、ルノはさっそく試してみることにした。

「へえ……『氷塊』」

「ぷるるっ♪」

スライムは口を開け、食べさせてとばかりに擦《す》り寄ってくる。ルノが氷の塊を持ったまま手のひらを差しだすと、スライムはそれを一気に呑み込んだ。

「ぷるぷるっ、ぷるるるっ」

「美味しそうに食べてる。でも、歯がないから舐《な》めてるのか」

「大丈夫……消化が速いからすぐに消える」

コトネの言った通り、スライムの水のように透明な身体の中で、氷の塊は十秒もしないうちに消えた。スライムは氷を与えた分だけ、大きくなったように感じられる。

触れても問題ないと判断し、ルノはスライムを持ち上げてみた。

「うわっ、滑らかな手触《てざわ》り。それに、ひんやりとしていて気持ちいい」

「スライムは夏場だとすごく人気がある魔物……暑い時に顔を埋めると気持ちいい」

「ぷるるんっ」

持ち上げてくれたルノに、スライムは「遊んで～」とばかりに身体を震わせた。ルノとしてもそうしたい気持ちは山々だったが、今はサイクロプスを探さなくてはいけない。ルノがスライムを地面に置こうとすると――

コトネが手を差しだす。

「……ルノ、この子を連れていこう」

「え？」

「普通、スライムはこんな場所に立ち寄らない。きっと道に迷ってここまで来た……近くの川まで運ぶ必要がある」

「なるほど、分かりました」

「ぷるぷるっ」

「あれ？　こいつもしかして人の言葉が分かるの？」

コトネの胸元に抱きしめられていたスライムは、嬉しそうに身体をくねらせた。

それから、氷車を引き寄せて移動を再開しようとした時、ルノは経験石を回収していないことに気づく。

「あ、そうだった。ゴブリンの経験石を取っておかないと」

「……必要なの？」

「え？　いや、もったいないじゃないですか」

「お金持ちなのに？」

「確かに……じゃあ、亜種だけでも回収しときますね」

　言われてみれば、ルノはすでに十分な大金を持っていた。

　それでもゴブリンの亜種の死骸から経験石を回収し、死骸のほうは『火球』でしっかり焼却しておいた。その後、移動を開始することになった。

「だいぶ時間を喰ったな……あ、こらっ‼　勝手に車を食べちゃだめでしょっ‼」

「ぷるぷるっ♪」

　スライムが氷車に張り付いてペロペロ舐めていたので、ルノは引き剥がそうとする。しかしコトネが先にスライムを抱き上げて、水属性の魔石を取りだした。

「これで我慢しなさい」

「ぷるるっ」

　どうやらスライムは魔石も食べられるらしい。スライムは「仕方ない」とばかりに魔石を呑み込み、コトネの膝の上に大人しく収まった。

　ルノはスライムに食べられた箇所を修理すると、今度こそ移動を開始する。

　向かう先は、西の森の近辺の草原。

　ルノが最初にサイクロプスと遭遇した場所である。

しばらく移動していると、コトネがルノの肩を叩いてくる。そして、自分の膝の上のスライムを指さして言う。

「……ルノ、この子に名前を付ける」

「え？　名前？　いや、すぐ川に逃がしちゃうし必要ないんじゃ」

「いや、スライムだと味気《あじけ》ない」

「ぷるるっ……」

コトネの言葉に同意するように、魔石を口に含んだままスライムが上下に動く。仕方ないので、名前を考えてあげることにした。

「じゃあ……コトミンでどうですか？」

「それは、私の名前、コトネと被ってる」

「なら、スラ太郎は？」

「できれば、可愛い名前が良い」

「う～んっ……スラミン、ライム、ヒトミン……ホネミン‼」

「……最後のはおかしい。スライムっぽくない」

いろいろ相談した結果、スライムの名前は「スラミン」に決定した。

その後は順調に、氷車は空の上を駆け抜けていった。

そうして移動しながら、ルノはふと思った。

空を飛ぶ車に乗っているというのは、子供の頃に夢見た状況そのままではないかと。以前にも同様のことを思ったが、改めて子供の頃の夢を叶えたと言っても過言ではないと感じた。

「……そういえば、ここは異世界だったな」

「……イセカイ？」

スラミンを抱くコトネが、ルノの発言に首を傾げる。

「あ、何でもないです。サイクロプスはどこかな？」

「ぷるぷるっ」

ルノは適当に誤魔化しながら、サイクロプスを探す。その間に、スラミンは魔石に飽きたのか、氷車に噛《かじ》りつこうとするが、コトネが押さえ込む。

「むうっ……この子、意外と大喰らい。もう魔石を消化した」

「消化したって？　……大丈夫なんですか？」

「普通のスライムならありえない……もしかしたら特別な個体かもしれない。実は何百年も生きているスライムかも」

「……すごく経験値がもらえたりして」

「ぷるるっ……」

ルノのいじわるな冗談に、「それはない」と言わんばかりにスライムが身体全体を震わせる。

本当に人間の言葉が理解できるんじゃないかと疑いながら、ルノはスラミンに視線を向ける。すると、スラミンを抱えているコトネが声を上げた。

「……あそこ、何かいる」

「え？　どこですか？」

「あっちのほう……青い人型の魔物がいる。サイクロプスで間違いない」

コトネは、普通の人よりも視力が優れている。

彼女が指さした方向に視線を向けると、かなり遠くではあるが、青色の物体が動いていることが分かった。

ルノが、氷車をその方向へゆっくり走らせる。

「キュロロロロロッ……‼」

サイクロプスの鳴き声が、ルノの耳にも届いた。

やがて、彼の視界にもはっきりとその姿が映る。自分をコボルトの亜種から救いだしてくれたサイクロプスだ。

彼は小川の中に両脚を浸《ひた》していた。子供のように足を激しく動かし、水面を足の裏で蹴《け》って遊んでいるようである。

「あれがサイクロプス……私も初めて見た」

「そうなんですか？」

「……魔物の討伐にはよく行くけど、サイクロプスのような基本的に人間に無害な魔物は討伐対象にならないから」

「なるほど。あれ、もしかして魚を獲って自分で調理しているの？」

サイクロプスの側には焚火の痕跡があった。

火をおこして魚を焼いて食べていたのか、大量の魚の骨などが地面に散乱《さんらん》している。自力で魚を獲って、しかも人間のように焼いて食べていたとしたら、相当知能が高いことになる。

「キュロロッ!?」

「あ、こっちに気づいた……どうするの？」

「普通に刺激しないように着地します。知り合い（？）なので、まずは話し合いから」

「魔物と知り合い……？」

「ぷるぷるっ……」

ルノの発言にコトネは疑問を抱く。

氷車はゆっくりと下降して着地した。二人でサイクロプスのもとに向かうと、空から現れた物体に警戒したのか、サイクロプスは身構えていた。

しかし、ルノを覚えていたのかもしれない。彼の顔を見ると嬉しそうに近寄ってきた。

「キュロロロ～」

「きゅっ、きゅきゅ～……」

ルノは親近感を抱かせるために、サイクロプスの鳴き声を真似《まね》てみた。コトネが冷静に突《つ》っ込《こ》んでくる。

「……別に声まで真似しなくてもいいと思う」

やはりサイクロプスはルノを覚えていたようだ。特に警戒心も抱かずに彼の側までやってくる。

「キュロロロッ……」

「ど、どうも。この間はお世話になりました」

「……言葉、通じるの？」

顔を覗き込むように、巨大な眼を近づけてきたサイクロプスに、ルノはちょっとびっくりしながら冷静に振る舞う。

そして収納石を発動させ、袋詰めしておいた果物を差しだす。

「きょ、今日はこれを持ってきたんだ。どうぞお納めください」

「……言葉使いがおかしい」

「キュロロッ?」

ルノが、なぜか自分よりも上の立場の人に対するように、果物が入っている袋を差しだすと、サイクロプスは不思議そうに受け取った。

サイクロプスは中身を確認し、嬉しそうに笑みを見せ、口を開けて袋の中身の果物を放り込む。

「アガァッ……」

「……すごい牙」

「しっ‼」

大きな口を開いて、サイクロプスは果物を丸呑みする。それから何度も口をもぐもぐさせ上機嫌に味わっていた。

やがてすべて食べ終えると、満足したように腹を叩き、ルノの頭を優しく撫でた。

「キュロロロッ……」

「うわわっ……」

「その子、ルノのことを気に入ったみたい」

「ぷるぷるっ……」

サイクロプスは嬉しそうにルノの身体を抱き上げ、自分の右肩に乗せる。

ルノは、サイクロプスの行動に戸惑いながらも、少なくとも敵意を抱かせないことに成功したと思った。次の行動に移ることにする。

「さてと、ここからどうすればいいんだろう。討伐できない場合は、捕獲でも構わないらしいけど……」

「……普通にこの子を連れていけば、間違いなく騒ぎになる」

「キュロロロッ?」

「ぷるぷるっ……」

サイクロプスは、自分の膝の上に乗せたスラミンに、不思議そうに視線を向け、両手で何度もその身体の表面に触れる。接触するたびに波紋が浮かび上がるスライムの身体に、興味を抱いたらしい。

今のうちに、ルノの魔法を利用すれば捕まえることは容易《たやす》いが……

「だけど、このまま兵士の人達に差しだしたらどうなるのかな? まさか処刑されたりとかは……」

「十分にありえる……事情はどうであれ、兵士に手を出したのは事実。危険と判断されて殺処分される可能性もある」

「そんな……」

コトネの言葉に、ルノはサイクロプスに視線を向ける。

サイクロプスは相変わらず、スライムを玩具《おもちゃ》の代わりにして遊んでいる。その様子は子供のようで微笑ましい。

外見は青い鱗の巨人だが、やはり性格は温厚で優しいのだ。

ルノは、どうにか彼を助けられないのか、頭を悩ませる。

最初は、助けてくれた恩があるとはいえ、人間に危害を加えたサイクロプスを放置することは危険だと思っていた。

だからせめて、生きた状態で捕まえて帝国に引き渡そうと考えていたのだが。

しかし、サイクロプスは殺されてしまうかもしれない。

ルノはコトネに尋ねる。

「サイクロプスはこの地方に元々存在しないんですか？」

「……そう。でも分からない。魔物を扱う奴隷商人が捕まえた個体が逃げだして、ここにたどり着いたという可能性もある。そういう事件はよくあるから……」

「ということは、元々は誰かに飼《か》われていたか、あるいは人間に捕まったけど、逃げだしてこの草原にたどり着いた可能性もあるのか……」

サイクロプスは元々は帝国地方にはいない魔物だった。

それだけに、こちらの地方の人にとっては異形《いぎょう》の怪物に見えてしまう。帝国側も過剰《かじょう》に危険視して、冒険者に任せた。

ルノは、どうにかサイクロプスに危険がないことを知らせたいと思ったが——そもそもルノのことを追いだした帝国が、彼の話を聞いてくれるのか微妙だった。

「う〜ん……あの王女様なら話を聞いてくれそうだけど、会う手段がないしな。そもそも引き渡しの時に王女様が現れるとは思えないし、どうしよう」

「……この子を、帝国には引き渡さない？」

ルノは迷いながらも、こくりと頷く。

「まあ、殺されるのは可哀想ですし」

「でも、依頼を達成しないと評価が落ちる」

「別にそれはどうでもいいです」

冒険者としての評価が落ちようと、ルノ自身はまったく気にしない。彼の返答にコトネは驚いたが、それも分からなくもないと思った。

ルノは、サイクロプスを助けられないものかと考え続ける。

「ところで、サイクロプスって元々はどこに棲んでいるんですか？」

「森の中……人が近寄らない奥地に棲んでる」

「じゃあ、森に連れていけば、自力で生きていけますかね？」

「……分からない。だけど、サイクロプスならどんな魔物に襲われても撃退《げきたい》できる。大丈夫かもしれない」

先輩冒険者であるコトネは、帝国近辺に生息する魔物の生態を熟知している。

彼女の知識では、サイクロプスは西の森の赤毛熊よりも強力な魔物のため、そこに棲み着いたとしても他の魔物に殺される危険性は少ない、とのことだった。

そもそも、サイクロプスは基本的に大人しい性格なので、争《あらそ》い事に巻き込まれること自体が少ない。

「……森に連れていくとしても、この子は森の浅いところではだめ。奥へ連れていく必要がある。簡単に外に出られる場所に放したら、また帝都付近に現れるかもしれない」

「じゃあ、空から移動しましょう。それなら迷う心配もないし、奥地まで簡単に移動できると思いますから」

「確かに……」

地上から移動した場合は相当な時間がかかるだろうが、『氷塊』の魔法を利用すれば、途中で魔物の襲撃を受けずに、サイクロプスを森の奥に運べる。

依頼を達成できなかっただけでなく、討伐すべきサイクロプスを人里から離れた場所に送ることになった。

ギルドマスターに伝える必要があるので、コトネに伝言を頼むことにした。

「コトリさん」

「……惜《お》しい、ちょっと違う」

「あ、すみません‼　えっと、ヒヨコさん?」

「可愛い名前だけど、私は鳥じゃない……コトネ」

「コトネさん……えっと、すみませんけど、ギルドマスターに依頼を達成できないことを伝えてくれませんか？　俺は今からサイクロプスを運ぶので、先にギルドマスターに伝えてほしいんですけど……」

「分かった……空から移動するとしても気をつけて。この森は危険」

「あ、その点は大丈夫です。割と慣れているので」

「……そう」

心配するように声をかけたコトネに対し、ルノは特に何事もないように笑みを浮かべた。彼女は複雑そうな表情を浮かべる。

「じゃあ、早く移動しないと……誰かに見られたら困るし」

「分かった……気をつけて」

「ぷるぷるっ」

スラミンがルノの肩に張り付き、一緒に連れていけとばかりに頬を擦り寄せる。

「え？　君も一緒に来るの？　別にいいけど……」

「キュロロッ？」

ルノは手のひらを構えて、氷車を呼び寄せる。

そして、サイクロプスに氷車に乗るように促して声をかける。

「サイクロプス君」

「……君付け？」

コトネが突っ込みを入れると、ルノは首を傾げ、それから断言する。

「やっぱりおかしいかな。よし、サイクロプスだから、ロプス君と名付けよう」

「キュロロッ……」

勝手に名付けられたサイクロプスは首を傾げる。

ルノが氷車の後部座席に乗り込むように指示を与えると、サイクロプス改めロプスは得体の知れない乗り物に戸惑いを見せる。

「怖がらないで、ちょっとひやっとするだけだから」

「キュロッ」

恐る恐るロプスは氷車の後方に乗り込む。

初めての乗り物に怯えているようなので、ルノは、彼を落ち着かせるためにスラミンを差しだす。

「ほら、この子と遊んでやって……スラミン、君のぷるぷるダンスを見せてあげなさい」

「ぷるぷるぷるぷるっ」

「キュロロッ⁉」

「……激しく揺《ゆ》れてるだけにしか見えない」

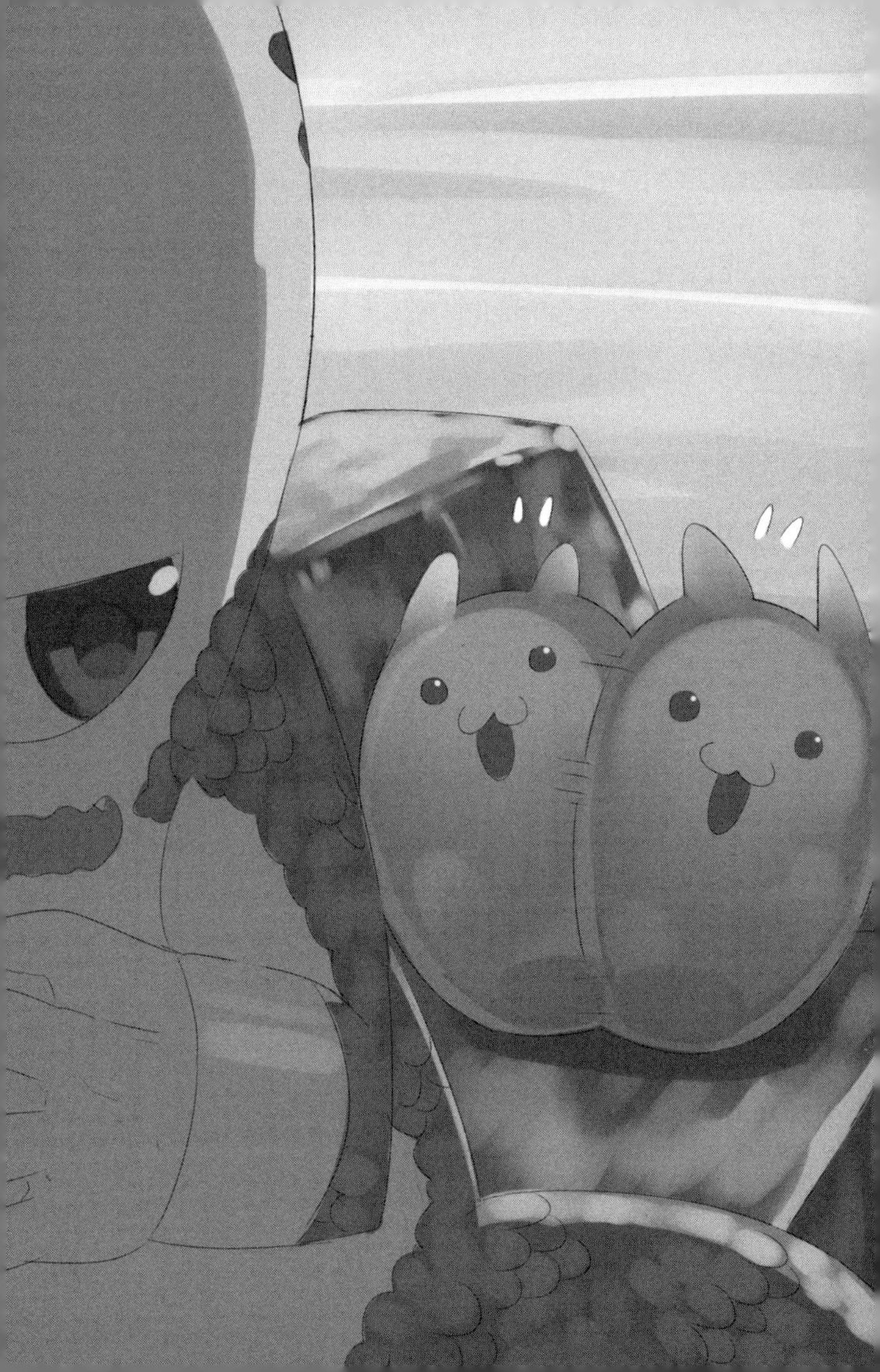

震えるスラミンを見て、コトネは呆れている。

「ぷるぷるぷっ」

スラミンが左右に激しく振動し、その光景をロプスは興味深そうに見つめ、その間にルノは運転席に乗り込んで、コトネに声をかける。

「じゃあ、この子を森の奥地まで運びますから、後は任せてください」

「了解……ギルマスには私のほうから上手く説明しておく」

「お願いします」

ルノは、スラミンとロプスを乗せた氷車を浮上させ、移動を開始する。目指すのは西の森だ。

「出発‼」

「ぷるんっ？」

「キュロロッ……キュロォッ⁉」

「あ、ぷるぷるダンスをやめないで、スラミン。ロプスが落ち着かないから」

「ぷるぷるぷるっ」

仕方ないとばかりに、スラミンがロプスのために激しく振動する。

ロプスは空を飛ぶ車の上で周囲を見渡して、不安そうにしていた。しかし、スラミンが気を紛わせるためにぷるぷるダンスを踊《おど》ってくれたので、安心できたようだ。

ルノは笑みを浮かべると、彼らに告げる。

「よしいい子だ……ちょっと時間はかかるけど我慢してね」

「ぷるぷるぷるっ……」

早くしてとばかりに、スラミンは今度は形状を変化させて振動した。ルノはスラミンが揺れている間に、車を一気に進めた。


やがて西の森が視界に移る。

「もっと速く移動したいな……ちょっと形を変えるか」

今の形状では風の抵抗をかなり受けている。そう思ったルノは、氷の車を変化させてみることにした。

車の形がスポーツカータイプから、大型自動車タイプに徐々に変形していく。

風の抵抗はさっきのよりも受けやすくなってしまったが、馬力は随分向上したのでこれで良しとする。

「じゃあ、一気に行くよ‼」

「キュロロッ⁉」

速度を一気に上昇させ、ルノは西の森に突入した。

この森には何度も来ているが、やはり広大である。

ルノは、森の上空をすごいスピードで進みながら、ロプスを降ろすのに適した場所を探す。

「どこに降ろそうかな……あんまり森の外に近い場所だと、自力で戻ってきそうだし、もう少し奥に進まないとだめかな？」

荷台からロプスが、運転席のルノに声をかける。

「キュロロッ」

「え？　何？　何か見つけた？」

ロプスの示したのは、森の中にあった泉だった。どうやら彼はここに降りてみたいらしい。

この泉ならロプスを逃しても大丈夫だろう。

そう思ってルノは、泉に向けて氷車をゆっくり降下させるのだった。

10

佐藤の異能「転移」によって地球に戻ってきた、ルノのクラスメイト達。平穏《へいおん》な生活を取り戻したはずの彼等だったが——

加藤は病院に入院していた。

佐藤、花山、鈴木、そして加藤の家族のもとに病院から連絡が届く。急遽《きゅうきょ》、加藤の退院が決まったという知らせだった。通常であれば、こういう場合は家族しか呼ばれないが、今回加藤本人の希望もあって、幼馴染達も呼ばれていた。

完治には一か月はかかる、そう言われていたのに。

全員が病院に押し寄せ、担当医から話を聞かされる。

「いや、本当に私も驚きましたよ。このような事例は初めてですからね。正直、我々も困惑しています」

「先生、いったいどういうことですか⁉」

「うるせえな、そんなに騒ぐようなことなのか？」

担当医に慌てて尋ねる加藤の父親に、加藤が呆れたように言う。

担当医は淡々と告げる。

「結論から言わせてもらいますと、加藤君の骨折は治りました。様々な検査をしましたが、異常は見られません。信じられないのですが……」

「ちょ、ちょっと待ってください。どういうことですか？　息子の腕が治るには最低でも一か月以上って言ってたじゃないですか」

加藤の腕はたった三日で治ったという。加藤の父親と同じように、幼馴染の三人も同じように驚きの視線を向ける。

「ほら、見ろよ。普通に動かせるぜ？　痛みも感じねえっ‼」

「そんな馬鹿な……あれほど酷《ひど》かったのに」

「うっそぉ～……」

「信じられないわね……」

加藤は折れたはずの腕を振り回し、袖を捲《めく》って見せた。

そこには、怪我をした痕跡すら残っていなかった。

「まあこちらとしても、加藤君の回復力が強かったとしか言いようがないんです」

「そ、そうなんですか。おい、雷太‼　本当に平気なのか？」

「だから平気だって言ってんだろ？　いいから早く退院させてくれよ、病院食も大して食ってないけど、もう飽きたんだよ」

「お前な……」

加藤の態度に父親は呆れるが、そのまま退院手続きを行うことにした。

「まあいい。退院の手続きをしてくる。言っておくが、また転んで腕を折るようなドジはするなよ‼」

「うるせえな、分かってるよ‼　何度も言うんじゃねえ‼」

地球に帰還した後、加藤は腕が折れた原因は喧嘩《けんか》だと報告しようとしたが、佐藤がそれはまずいと止めた。結果として、加藤は階段から転んだということになっている。

父親がいなくなり、佐藤は加藤に尋ねる。

「加藤、本当に平気なのか？」

「平気だって言ってんだろ‼　お前等、驚きすぎなんだよ」

加藤に問い詰めても、本人もよく理解していない。ちなみに、入院中に特別な何かをしたわけでもなかった。

しかし、三人の中でも頭の回転が速い鈴木は、心当たりがあった。

「ねえ、佐藤君に聞きたいことがあるんだけど。この間、野球部の練習試合で強豪《きょうごう》校相手に完全試合をしたそうね？　私は部活があったから応援には行けなかったけど」

「え、あ、ああっ。どうにか勝てたよ」

「聡君、すっごく格好良かったよ‼　相手全員、三振に抑えたんだから‼」

「完全試合どころじゃねえぞ。すごすぎねえか‼」

佐藤は一年ではあるが、エースとして期待されている。

先日の練習試合で先発投手に選ばれ、甲子園にも出場する強豪校相手に、全員三振に抑えるという偉業《いぎょう》をやってのけたのだ。

「この話を聞いた時に私が驚いたのは、佐藤君はコントロールが乱れる癖があると聞いていたから。前に、佐藤君が自分で言っていたわよね」

「あ、ああ。確かにそうなんだけど……最近は不思議と投げた球が狙い通りにいくんだ。そのおかげで前の試合の時も全力投球ができたんだ」

「ということは、急にコントロールが良くなったということね。ねえ、陽菜にも聞きたいことがあるわ。この間の調理実習を覚えている？」

「え？」

唐突に話を振られて花山は驚く。鈴木は真剣な表情で、花山に尋ねる。

「陽菜は昔から料理をするの苦手だったわよね？　でも調理実習の時、先生よりも美味しいハンバーグを作って褒《ほ》められたというのは本当？」

「あ、うん‼　あの時はすっごく美味しく作れたんだよ‼　先生よりも他の皆よりも！　私が食べる分まで食べられちゃったほど上手にできたんだ〜」

「そうなの……やっぱりね」

妙なことを尋ねる鈴木を、加藤は訝る。

「おい、さっきからどういうことだよ？」

「実は……私も皆に話しておきたいことがあるの」

鈴木はそこでいったん話を切ると、再び口を開いた。

「私、皆に隠していたことがあって。今まで誰にも話したことはないけど、私、実は漫画家を目指してるのよ」

幼馴染達は驚きの声を上げる。

「えっ⁉　マジかよ⁉」

「そうだったの⁉」

「……驚いたな。だから、高校に入ってすぐに美術部に入ったのか？」

佐藤に問われ、鈴木はちょっと恥《は》ずかしそうに頷く。

「ええ、本当は漫研《まんけん》があったら良かったんだけど、生憎《あいにく》、この高校には美術部しかなかったから。漫画家になるのは夢だったんだけど、どうしてそれを今まで話さなかったのかというと……ほら、私って本当に絵が下手じゃない？」

「あ、ああ……そうだったね」

「お前、美術の授業のたびにムンクの叫びみたいな絵を描くからな」

「似顔絵を描いてもらったら、衝撃的すぎて私が気絶《きぜつ》しちゃったこともあったよね」

「ま、まあ……そういうことよ」

鈴木は成績が優秀だが、美術に関しては壊滅的《かいめつてき》にセンスがなかった。美術部に入部した理由も、画力を上げるため。しかし、彼女の描く絵を知っている三人は、鈴木が漫画家として成功するとは思えなかった。

鈴木は、表情を変えることなく淡々と告白する。

「それでね、実は今日、出版社に持ち込もうと考えてる漫画の原稿を持ってきてるの」

「お前、本気か⁉　あんな絵で漫画描いたのか⁉」

「さ、さすがにそれはやめたほうが……」

「わ、私は応援するよ‼　どんなにひどいことを言われてもくじけちゃ駄目だよ⁉」

三者三様《さんしゃさんよう》の反応を示す幼馴染達に、鈴木は告げる。

「待って、皆の言いたいことは分かるけど、話を最後まで聞いてほしいの」

鈴木は鞄から原稿を取りだすと、この数日の間にささっと描いたと説明してその場に広げた。原稿を見た三人が声を漏らす。

「……え？　何だこれ？」

「あれ？　これ、本当に麻帆ちゃんが描いたの？」

「これは……!?」

彼等は呆気に取られていた。

それは、鈴木が描いたとは思えないほど、高い画力の絵だったのだ。

登場人物が男性だけで、背景が薔薇《ばら》で埋め尽くされている――という点を除けばプロでも通じるほど、内容も描写《びょうしゃ》も見事だった。

「この漫画は正真正銘《しょうしんしょうめい》、私が描いたものなの。信じられないかもしれないけど、この数日の間に一気に絵が上達したのよ」

「なあ、何でこいつ等、男なのに裸で組み合って……」

「内容はどうでもいいの」

「あ、はい」

鈴木は原稿を取り上げると、腕を組んで皆をじっと見た。

他の三人も、自分達の身に起きた変化に覚えはあった。

その原因は何か――

考えられるとすれば、三日前に巻き込まれた異世界召喚しかない。四人が顔を見合わせると、佐藤が最初に口を開く。

「……皆、心当たりはあるようだな」

「うん」

「あぁっ」

「じゃあ、全員で同時に確かめましょうか……あの言葉を」

幼馴染であるがゆえに、彼等は各々の考えを読み取れる。そして四人は同時に、同じ言葉を口にした。

「「「「ステータス」」」」

その瞬間、全員の視界に画面が現れる。

そこには、ここ数日に起きた異常の原因となる能力が表示されていた。佐藤、鈴木、加藤、花山の順に口にしていく。

「僕は『命中』。投擲の際の命中力を極限《きょくげん》にまで高める技能スキル、と書いてある」

「私は『画力向上』。要は、画力を高める能力らしいわ」

「俺は『超回復』だ。内容は、自然回復力を高めるらしい」

「えっとね、私のは『調理』という文字が浮かんでるよ」

経緯は不明だが、どうやらこちらで生活している間に、彼等はスキルを修得したらしい。

鈴木が頭を押さえつつ口にする。

「まさかとは思ったけど、どうやら私達はまだあの世界と繋がりがあるようね」

「おい、マジかよ⁉」

「まあ、今は気にすることじゃないんじゃないか？　特に問題はないし、むしろ僕達にとっては都合が良いぐらいだし」

「何か問題あるの？」

戸惑っているもののどこか呑気《のんき》な三人に対し、鈴木は一人不安そうな表情を浮かべていた。

「もしこの能力のことを他の人に知られたら」

「考えすぎだろ？　どうせ誰も信じちゃくれねえよ。異世界に行って、ステータス画面が見えるようになったんです～……なんて信じてくれると思うか？」

「それはそうだけど……」

鈴木と加藤の会話に、佐藤が割って入る。

「まあ、いったん落ち着こう。とりあえず飲み物でも買ってくるよ。加藤、この病院、売店くらいあったよな？」

「ああ。右の通路を真っすぐに突き進めばあるはずだ」

加藤がそう答えると、花山がいつもの明るい調子で言う。

「なら、私に行かせて。皆の分を買ってくるよ～。麻帆ちゃんは何がいい？」

「もう、何でもいいわ……」

頭を抱えたままの鈴木をよそに、花山は全員分の飲み物を買いに売店に向かっていった。

残された三人は、今後どうするか話し合う。

「やっぱりこの能力、他の人には話さないほうが良いわね」

「そうだね。でも普通に生活をするだけで、こんな能力が芽生《めば》えるなんて」

「俺としては喧嘩に役立つ能力が欲しかったがな。まあ、すぐに怪我が治るというのも悪くないけど」

「加藤……お前な、少しは真面目《まじめ》に考えたらどうだ？」

「別にいいじゃねえか。だってこれも俺の能力なんだぜ？　文句を言うなら俺達を勝手に呼び寄せたあいつらに言えよ……」

しばらくして、花山のもので間違いないであろう、パタパタという足音が聞こえてきた。

三人は出入り口に視線を向ける。

だが、なぜか唐突に足音が消えてしまった。それからいくら待ってみても、花山は病室に現れない。

不思議に思った三人は通路へ向かう。

「……陽菜？　どこにいるんだ？」

「あれ？　あいつ、どこに行ったんだ？」

「確かに足音は聞こえたのに」

通路に出た三人は花山の姿を探す。他の病室を覗いてみるが、彼女が間違えて入り込んだ様子はない。

そして、佐藤が廊下に四人分の缶ジュースが落ちていることに気づく。

「陽菜⁉」

「おい、嘘だろ……」

「まさか……⁉」

三人は必死に走り回って花山を探し続けたが、彼女が見つかることはなかった。

この日、こうして花山陽菜は行方《ゆくえ》不明になった――

あとがき

この度は文庫版『最弱職の初級魔術師1』をお読みいただき、誠にありがとうございます。

本作は筆者がアルファポリスで初めて書籍化した『不遇職とバカにされましたが、実際はそれほど悪くありません？』の次に書いた作品です。実はこの二つの作品は同じ世界の設定で描いており、時代は四百年ほど異なります。

『不遇職』と『最弱職』の主人公も実は従弟同士であり、性格は割と違いますが本質は似通《にかよ》っています。ただし、『不遇職』は主人公が辛い経験を乗り越えて成長する物語であるのに対し、『最弱職』は反対に明るく楽しめる物語を目指しました。

さて、第一巻で主人公ルノは「成長」の能力によって順調に強くなったものの、他の勇者は地球へ帰ってしまいました。異世界召喚を題材にした作品では召喚された勇者の中で主人公だけが不遇そうな能力を得てしまい、仲間外《はず》れにされる展開はもはや定石《じょうせき》です。

しかし、私の作品の勇者達はルノのことを嫌っているわけでもなければ、人でなしでもありません。基本的には根は良い子達ばかりです。勇者の力で地球へ戻った彼らがルノ達のことを忘れたのは、所謂《いわゆる》、異世界物におけるお約束というか、辻褄《つじつま》合わせです。異世界にいるルノ達の存在を、彼らは最初からいなかったように認識しています。

このジャンルの小説では強くなった主人公が、他の勇者を出し抜くことは定番ですが、その勇者達が先に地球へ帰ってしまったことで、ルノはこの世界に置いてけぼりにされました。でも、割と彼は、異世界での生活を満喫《まんきつ》しています。

ルノは自分を王城から追い出した人間達をどう見返していくのか？　今後の展開に期待が集まるところかと思います。ただ、ルノは根が優しいので復讐《ふくしゅう》などは考えていません。

とはいえ、私が書いた作品の主人公の中でも、彼は本気で怒ると何をやらかすか分からないタイプです。自分で書いていてもルノの行動に呆れることがあります。

時代は違えど『最弱職』は『不遇職』と同じ世界なので、この機会に前作のほうもお読みいただけると嬉しいです。『最弱職』に出ていたキャラクターの子孫が『不遇職』にも登場していたり、『最弱職』の主人公ルノの存在も『不遇職』の世界では伝説の存在として伝わっていたりします。

『最弱職』の主人公ルノは明るく優しくて、それでいながら年齢の割には子供っぽい部分もありますが、これからも応援のほど、どうぞよろしくお願いします。

二〇二二年一月　カタナヅキ

「銀座編」開幕!!
累計630万部(電子含む)突破!
ゲート SEASON1～2
大好評発売中!
漫画
最新20巻
12月16日刊行!
※地域によって流通が遅れる可能性があります。
SEASON1　陸自編
単行本
●本編1～5／外伝1～4／外伝+
●定価:本体1,870円(10%税込)
文庫
●本編1～5〈各上・下〉／
外伝1～4〈各上・下〉／外伝+〈上・下〉
●各定価:本体660円(10%税込)
漫画
漫画:竿尾悟
●1～19(以下、続刊)
●各定価:本体770円(10%税込)
SEASON2　海自編
単行本
●本編1～5
●定価:本体1,870円(10%税込)
文庫
●本編1～3〈各上・下〉
●各定価:本体660円(10%税込)

ネットで人気爆発作品が続々文庫化！

アルファライト文庫 大好評発売中!!

人でもモノでも、調べたステータスは

自由自在に編集可能!!

元構造解析研究者の異世界冒険譚1

犬社護 *Inuya Mamoru*　　illustration ヨシモト

新料理や新技術を前世の知識と二つのユニークスキルで大発明!?

製薬会社で構造解析研究者だった持《もち》水薫《みずかおる》は、魔法のある異世界ガーランドに、公爵令嬢シャーロット・エルバランとして生まれ変わった。転生の際、女神様から『構造解析』と『構造編集』という二つの仕事にちなんだスキルをもらう。なにげなくもらったこの二つのスキルだが、想像以上にチートだった。ネットで大人気の異世界大改変ファンタジー、待望の文庫化!

文庫判　定価：671円(10%税込)　ISBN：978-4-434-29702-1

アルファライト文庫

この作品に対する皆様のご意見・ご感想をお待ちしております。

おハガキ・お手紙は以下の宛先にお送りください。

【宛先】

〒150-6008 東京都渋谷区恵比寿 4-20-3 恵比寿ｶﾞｰﾃﾞﾝﾌﾟﾚｲｽﾀﾜｰ 8F
（株）アルファポリス　書籍感想係

メールフォームでのご意見・ご感想は右のＱＲコードから、
あるいは以下のワードで検索をかけてください。

アルファポリス　書籍の感想　検索

ご感想はこちらから

本書は、2019 年 9 月当社より単行本として
刊行されたものを文庫化したものです。

最弱職《さいじゃくしょく》の初級《しょきゅう》魔術師《まじゅつし》 1

初級《しょきゅう》魔法《まほう》を極《きわ》めたらいつの間《ま》にか「千《せん》の魔術師《まじゅつし》」と呼《よ》ばれていました。

カタナヅキ

2022年 1月 31日初版発行

文庫編集－中野大樹／宮田可南子
編集長－太田鉄平
発行者－梶本雄介
発行所－株式会社アルファポリス
〒150-6008東京都渋谷区恵比寿4-20-3恵比寿ガーデンプレイスタワー8F
TEL 03-6277-1601（営業）03-6277-1602（編集）
URL https://www.alphapolis.co.jp/
発売元－株式会社星雲社（共同出版社・流通責任出版社）
〒112-0005東京都文京区水道1-3-30
TEL 03-3868-3275
装丁・本文イラスト－ネコメガネ
文庫デザイン―AFTERGLOW
（レーベルフォーマットデザイン－ansyyqdesign）
印刷－中央精版印刷株式会社

価格はカバーに表示されてあります。

落丁乱丁の場合はアルファポリスまでご連絡ください。

送料は小社負担でお取り替えします。


ISBN978-4-434-29870-7 C0193